JN030331
この最強美少女パーティは、
雑用職の俺がいないとダメらしい
サポーター

「これくらいで認められると思わないでよね！」
「う〜ん、おいしいですわぁ〜」
リリス
《三妖精》の回復術士にして、最上位祈祷術を使いこなす「奇跡の聖女」。だがその実情は、後衛のはずが快感を求めて魔物の群れに突っ込む超ドM
パルメ
冒険者パーティ《三妖精》のリーダー。大商会の実家を飛び出し冒険者に。自信家だがポンコツ気味で、猪突猛進してはあられも無い姿に……

「料理がお得意なんですね」
「紅茶だ」
イサナ
《三妖精(トライアド)》のサポーター。実はパルメの父に護衛として雇われた最強のスナイパー。表では雑用を行い、裏ではこっそり魔物を駆逐している
マリエール
《三妖精(トライアド)》の魔法攻撃担当。稀代の天才魔導師だが、重度の魔力酔い体質。魔法を使おうとすると酔っ払い、大魔法を味方ごとブッパする

「あら、いい締め付けが……！」
「あれー？　服がし

「いや……あッ！
だめぇ……！」

「いやぁーグロおぉ!!」

ゾンビの腐った指先が彼女の髪を掠め、
咄嗟にイサナは銃を構える。
【衝撃】【極小】【消音】の属性を付与し、
マズルフラッシュを抑えるために
出力を限界まで絞り、引き金を引く。

この最強美少女パーティは、雑用職（サポーター）の俺がいないとダメらしい

なめこ印

ファンタジア文庫

3311

口絵・本文イラスト　小鳥遊啓

この最強美少女パーティは、雑用職（サポーター）の俺がいないとダメらしい

なめこ印
ill. 小鳥遊啓

プロローグ　《夜会(ノワール)》の『黒猫』

イサナは十歳の頃に魔導学者の実験体として親に売られた。

一年後にその実験室を逃げ出し、今度は闇ギルド《夜会(ノワール)》に拾われた。

主に魔物(モンスター)退治などを生業(なりわい)とする表のギルドと違い、闇ギルドは非合法な依頼——即(すなわ)ち人間同士の暗殺や脅迫を引き受ける。

表の世界で捨てられた彼が生きられる場所はそこしかなかった。

そして、幸か不幸か彼には適性があった。

ギルドに命じられるがまま敵を屠(ほふ)り、人の命で飯を食う。

そんな生活を続けている内に『黒猫』という異名までついた。

そうして、遂(つい)には千人の護衛に守られた敵組織の幹部を撃ち殺した時、『黒猫』の名は闇の世界に最強のスナイパーとして轟(とどろ)き、誰もが彼に恐れ戦(おのの)いた。

曰(いわ)く、その『黒猫』は死を運ぶ……と。

――ピチャッ。

「……」

その倉庫の中に入った瞬間、イサナは床を見下ろす。

そこには案の定血の海が広がっていた。先程の水音は彼の靴がそれを踏んだ所為だ。

靴先は汚れたが、しかし彼の表情に焦りや恐怖は微塵もない。

それもそのはず――この光景を作り出したのは彼自身だからだ。

建物の床のそこかしこに散乱する射殺体は、全て胸か脳天を撃ち抜かれている。彼はそれを建物の壁越しに成し遂げたのだ。まさに最強にしか成し得ない神業だった。

だがこの程度の仕事は彼にとって当たり前であって、特に誇ることもない。

それよりも彼には探しているものがあった。

（ノワ）

イサナは顔を上げ、使い魔のノワに念話で声をかける。

『はいはーい。周辺を索敵するよー』

明るい返事とともに索敵魔法による薄い魔力の波が広がり、倉庫内の魔力反応をまとめて洗い始める。

『ん～～、攻性・防性魔力反応ともになし。魔法罠なし。死体十五』

（依頼のブツは？）

『倉庫奥の隠し部屋に反応あるから、たぶんそれかな？』

（了解。引き続き警戒頼む）

『もうイサナが全部殺っちゃったと思うけどねー。了解』

警戒を使い魔に任せ、イサナはパシャパシャと血の海を蹴って奥へと進む。

隠し部屋の偽装魔法はたいしたものではなく、すぐに見つかった。

「ここか」

罠もなかったので、イサナはそのまま適当に部屋のドアを蹴破る。

中は照明もなく、辛うじて倉庫の明かりが入り込む程度で奥はほぼ真っ暗だった。

（ノワ、明かりを……）

そう指示をしようとした時、隠し部屋の奥で気配がした。

「……誰？」

それは幼い少女の声だ。

か細い声色には恐怖と強い警戒心が滲んでいたが、イサナは特に気にせず淡々と言葉を続ける。

「パルメ・リッチホワイトか？」

「……そう、ですけど」
（ノワ）
『真贋魔法の判定はシロ。本物だよ』

相棒の返事に頷き、イサナは彼女が依頼のブツであることを確信する。

「父親からの依頼で、誘拐された娘のお前を助けにきた」

「……!?」

部屋の奥から驚いた気配が伝わってきた。

しばらくイサナが無言で待っていると、やがて金髪の少女が恐る恐る暗闇の中から出てきた。

「……猫さん？」

蹴破られたドアから入り込む光に目を細めながら、パルメはイサナの顔——正確には彼が顔を隠すために被っている猫の面を見て呟く。

「あっ……！」

その時足下が疎かになった彼女の足がもつれる。前のめりに転びそうになった小さな体を、イサナが先回りして受け止めた。

「大丈夫か？」

「あ、その……」

口ごもる少女をよく観察すると、誘拐された恐怖のせいか未だに足が震えていた。

「……」

イサナは少し考えたあと、震えるパルメの体をそのまま抱き上げた。

「えっ⁉」

「疲れてるだろ。少し目を閉じていろ」

「あっ……はい……」

有無を言わせぬイサナの物言いに、パルメは狼狽えつつも素直に目を閉じる。

彼は誘拐犯たちの死体を見せないように、彼女を抱っこしたまま倉庫の外に出ると、跳躍魔法で宙へと跳び上がった。

「……っ」

突然の無重力感に一瞬驚きつつ、パルメは律儀に目を瞑ったまま彼にしがみつく力を一層強くした。

『珍しい案件だったけど、これで無事依頼達成だね』

（そうだな）

ノワの気の早い言葉にイサナも軽く同意する。

今回の事の発端は、パルメの父親が頭取を務めるリッチホワイト商会と、新たに進出してきた別の商会が商売圏を巡って衝突したのが原因だ。

脅しても賺（すか）しても頭取が折れないと知った相手は、《夜会（ノワール）》とは別の闇ギルドを使って娘を誘拐し、人質にしようとした。

普通こういう時は警吏に助けを求めるものだ。彼女の父親も最初はそうしたが、初動の遅さに不安を感じたらしい。そして、闇ギルドには闇ギルドをと考え、《夜会（ノワール）》の『黒猫』に依頼が舞い込んだというわけだ。

「あ、あのっ！　猫さんって、もしかして冒険者さんですか⁉」

何度目かの跳躍中、パルメがはじめて大きめの声を出した。

（俺が冒険者？）

『急にどうしたんだろうね？』

冒険者というのは表のギルドに属する者たちを指す言葉だ。彼らは人を困らせるモンスターを狩り、ダンジョンを攻略し、文字通り世界を冒険し、人々に感謝されることを生業にしている。

闇ギルドに生きる彼には似合わない肩書きだ。

しかし、小さな少女の勘違いをここで正す意味もないだろう。

「まあ、そんなものだ」

イサナは適当に相槌を打つ。

すると、彼女は閉じていた瞼を開き、キラキラとした目と表情を彼に向けた。

「やっぱり……そうなんだ！　スゴいスゴーい！」

「？」

突然、腕の中ではしゃぎだすパルメに、イサナは小首を傾げる。

何がそんなに楽しい……いや、嬉しい？　のだろうか？

彼には少女の反応の意味がよく分からなかった。

そうして彼が困惑していると、彼女は不意に「あっ！」と何かに気づき、再び彼を見て

――とびっきりの笑みを浮かべて。

「お礼がまだでした。助けてくれて、ありがとう！」

「……！」

その感謝の言葉に、イサナは目を丸くする。

前述の通り、闇ギルドは非合法な組織。ゆえに今回のような人助けの依頼が舞い込むこと自体珍しい。

だからこそ、こんな風に素直な感謝をされることも滅多に……いや、あるいは彼にとっては人生初の出来事だったかもしれない。

その後、イサナは無事にパルメを家に送り届け、彼女の父親からも多くのお礼を言われまくり、受け止めきれないほどの衝撃を受けながら帰路に就いた。

「……？」

『どうしたの？』

「……何でもない」

ノワに尋ねられても素っ気ない返事をしつつ、彼はそれからしばらく自分の胸に湧いた正体不明の何かに首を捻(ひね)って過ごすこととなった。

その数年後、突如として《夜会(ノワール)》は消滅する。

そして、最強の男『黒猫』もまた忽然(こつぜん)と姿を消した。

第一章 《三妖精(トライアド)》のクエスト

その日、パルメ・リッチホワイトは朝から機嫌が悪かった。

理由は沢山ある。

たとえば、数日前にパパから手紙が届いた。

彼女は冒険者になるために半年前に家出、もとい、独り立ちしたばかりだ。なのに何で住所把握してるの？ 嘘(うそ)でしょ……これが不機嫌の素1。

もう15歳なんだからほっといてよとパルメは思う。

冒険者になり、仲間とパーティを組んでクエストに挑む。

それは彼女の幼い頃からの夢だ。

そのためにリッチホワイト商会の頭取を務めるパパから資産運用を学び、自分のお金を貯(た)め、準備を整えた。

さらに最高の仲間を募り、《三妖精(トライアド)》を立ち上げたのだ。

今はまだE級冒険者だが、まずはポイントを荒稼ぎしながらトントン拍子にS級冒険者に昇格し、いつかは仲間たちと『前人未踏の難題』——SSSクエストをクリアし、歴史に私の名を刻むのよ！

「ふぅぁ……ねむ」

「……」

自分語り(モノローグ)に水を差され、パルメはあくびをした仲間を軽く睨(にら)む。

「ふぁぁ～」

だが当の本人はパルメの視線にも気づかず、もう一度あくびをする。

彼女の名前はリリス。《三妖精(トライアド)》パーティの回復術士(ヒーラー)。透き通るような白い肌に銀髪とルビー色の瞳。貞淑な修道女服でも隠しきれない美貌。絶対に口にはしないが、同性のパルメですら嫉妬を覚える美少女だ。

さらに彼女は聖教会でも希少な最上位祈祷(きとう)術の遣い手で、『奇跡の聖女』とまで呼ばれている。

しかし、この女びっくりするくらい朝に弱い。

パーティを組んで半年あまり、遅刻・欠席は数知れず。なんなら今朝も寝坊してきた。

ちなみにこれがパルメの不機嫌の素2。

「マリエールさん、枕持ってません？」

「ま、枕ですか？　な、ないです」

「その乳枕でいいですからぁ〜」

「うぇっ!?　あっ、こんなものでよろしければ……」

怠惰聖女の戯言(たわごと)を真に受け、もうひとりの仲間――マリエールは自分の胸をドンッと前へ突き出す。

彼女は《三妖精(トライアド)》パーティの魔導師。オッドアイが特徴的なおっとりとした顔立ちだが、三人の中で一番背が高くて大人びている。それに厚布のローブの下に隠された体は意外と……べ、別に羨ましいわけではないけど！

少し気弱な性格だが侮(あなど)るなかれ、彼女は魔導塔(タワー)の最大攻撃魔法記録保持者(アタックホルダー)にして、火と水の二重属性(デュアルエンチャント)持ちだ。

本当に……リリスもだけれど、彼女もカタログスペックだけなら紛れもない天才。剣士(前衛)であるパルメにとって理想の仲間たちだ。

それが何で……本番でああなるの？

いやまあ、マリエールに悪気はないから仕方がないのだけど……でもリリス、あんたはダメよ。

「ところでパルメさん、まだスライム谷には着きませんの？」

「うっっっるさい！　あんたが寝坊したから遅れてるんでしょうが！　あと歩きながらマリエールを枕にしてんじゃないわよ！　器用ね!?」

ある意味暢気(のんき)な仲間たちにツッコミを入れつつ、パルメは手元の地図を今一度バサッと広げる。

パルメたちは今、彼女たちが拠点にしているカナンの街の南西にあるスライム谷を目指していた。

そこには時々スライムが大量発生するため、その度にそれを駆除する必要がある。

しかし、雑魚(ざこ)モンスターとはいえ数の暴力は侮れるものではない。本来なら、これはC級冒険者のパーティが引き受ける仕事だ。

だけどそれが今回《三妖精(トライアド)》に回ってきた。

なぜかって、それは当然ギルドからの期待の表れだ。

なにしろパルメたちは結成半年で巨鬼上位種(ハイ・オーク)のビッグフットを討伐した超新星。しかも全員美少女（ここ重要！）。新人ながらギルド内でも一目置かれる存在だったりする。

まあ……ビッグフット討伐については本当は〜〜〜〜(ほにゃらら)なところもあったのだが、パルメは特に気にしていなかった。だって倒したのは事実だし？　問題は多々あるにせよ仲間の実力は本物だし？　何よりもチヤホヤされるの気分いいし！

「パルメさんったら、また百面相してますわね」

「いつものことですぅ」

ふたりが何か言ってるが、パルメの耳には届かない。

とにかく、何がなんでもこのクエストは成功させ、さらなる名声を手に入れる！　そしてギルドポイントを稼いで、さっさとＤ級に昇格するのだ！

「ふふふ、やってやるわ！」

パルメは地図を握り締め、夢と野望の含み笑いを漏らす。

気分の浮き沈みは激しいが、自力でテンションを高められるのは彼女の長所といえた。

そうこうしている内に《三妖精(トライアド)》一行は、スライム谷が一望できる高台にまでやってきた。

「スライムどもがうようよいるわね」

「うようよというよりぐにょぐにょですわ」

パルメとリリスは高台から谷底を見下ろし、それぞれ感想を呟(つぶや)く。

スライム谷は四方を高い丘に囲まれたすり鉢状の土地で、丘部分には草木が生えているが谷底は完全に食い尽くされており、露出した岩肌の上に奴(やつ)らが這(は)いずった跡がテラテラと反射していた。

一見するとスライムで谷底が埋め尽くされているように錯覚するが、ほとんどは這いずり跡の反射で、本体の数は50～100体ほどだろう。

確かにこれは並の冒険者には任せられない難易度だ……しかし、私たちは違う！

「よぉーし！　それじゃふたりとも行」

パルメが逸って剣を抜き放ち、仲間に号令をかけようとした時――

「――待った」

若い男の声がそれを遮った。

「っ！」

気を削がれたパルメはがくっとたたらを踏んでから後ろを振り返る。

そこに立っていたのは肩に黒猫を乗せた十七、八歳の青年だ。

彼は《三妖精》のサポーターになったばかりの新人だった。

サポーターとは、主にパーティに雇われてクエストに同行し、冒険者のサポートをする職業のことだ。その仕事は料理、洗濯、荷物持ち、移動手段の手配など多岐にわたる。

腕利きのサポーター（たとえば料理上手だったり簡単な治癒魔法が使えたり）がいれば、冒険中の快適度は格段に上がるため、時にはパーティ同士で取り合いになることもあった。

彼は新人といったが、ギルドの試験はパスしており、最低限の技能は習得しているはずだ。それならば少なくとも足手纏い(あしでまと)にはならないし、冒険の質がある程度向上するのは約束されている——しかし、パルメは彼のことが心底気に入らなかった。

「何よ？　今からあのスライムの群れに突撃かますって時に！」

であるので必然、言い返す言葉も刺々(とげとげ)しくなる。

だが小娘とはいえ剣を佩(は)く彼女に敵意を向けられても、非戦闘職であるはずの彼はどこ吹く風。まったく平然とした態度でこちらを見返し、淡々と口を開いた。

「その前に休憩が必要だ。三人とも朝から歩き詰めだろ」

そう言うとサポーターは自分の背丈より大きい背嚢(はいのう)を地面に下ろす。

家財道具一式でも入っていそうな背嚢に手を突っ込んでゴソゴソやると、彼は地面に敷く厚手の敷物(しきもの)と、食器、軽食、水筒を人数分取り出し、たちまちその場に休憩スペースを作ってしまった。

「慌てなくてもスライムは逃げない。まずは休め、戦うのはそのあとだ」

「ぐぬぬ」

端的かつ正論で諭され、パルメは反論の言葉を失う。

彼女がぐぬっていると、横からひょこっと顔を覗(のぞ)かせたリリスが彼の作った休憩スペースを見て目を輝かせる。

「まあ！　それマフィンですわね。紅茶はありますの？」

「ある」

「素敵ですわぁ」

　リリスは頬を上気させて喜びの声を上げ、あっさりと敷物の上に腰を下ろした。

「あっ！　ちょっとリリス！」

「う～ん、おいしいですわぁ～。ほら、マリエールさんもどうぞどうぞ」

「えっ、あ、はい……じゃあ、失礼します」

　リリスに促され、マリエールも及び腰にマフィンを受け取る。

「紅茶だ」

「はっはいぃ！」

　彼から紅茶の入ったカップを差し出され、男性に不慣れな彼女はビクンッと跳ねる。彼女の動揺に合わせて、ローブの下の胸が震度3を記録した。

「……んっ！」

　だが紅茶の味自体は口に合ったようで、彼女の肩から緊張が徐々に抜けていく。マフィンを食べるとその頬はさらに緩み、一分後にはほっと息をついていた。

　次々と仲間が陥落し、気がつけば立っているのはパルメだけになっていた。

「～～～」

さて、意固地な性格の彼女であるが、顔を背けたところでマフィンと紅茶から漂う甘い香りからは逃れられない。さらに匂いに釣られて腹の虫までキュルルルと鳴き、彼女はようやく自分の空腹を自覚する。

さすがにこれは分の悪い勝負だった。彼女は渋々とスカートを整えながら、品のいい仕草で敷物の上に座る。

「ん」

サポーターの彼は散々まごついたパルメに何を言うでもなく、さっと彼女の分のマフィンと紅茶を用意した。

「……んっ⁉」

旨ッ⁉

マズければ文句をつけてやると企んでいたパルメは、予想を裏切るマフィンの味に目を白黒させる。

一方、すでに二個目に手を伸ばしていたリリスたちは彼と早くも打ち解け、休憩の団欒を存分に満喫していた。

「それにしても本当においしいですわね。これ、ご自分でお作りに？」

「……まあ、そんなものだ」

「料理がお得意なんですね。私はからっきしで。マリエールさんは？」

「あたしもあんまり……」

「これからは毎回これが食べられますのね。楽しみですわぁ～」

リリスはそう言って三つ目のマフィンに手を伸ばす。

「……っ！」

上機嫌なふたりを見ながら、パルメは内心で悔しがっていた。

なぜなら、このサポーターこそが彼女の不機嫌の素その3であり、なおかつ最も腹を立てている原因だったからだ。

『心配だから最高のサポーターを送るよ。仲よくね』

先日届いたパパからの手紙にはそう書かれていた。

当然、そんな実質実家からの監視に等しいもの、彼女は全力で拒否しようとした——が、反対の手紙を送る間もなく、件(くだん)のサポーターは《三妖精(トライアド)》の前に現れた。

「お前の父親に面倒を見るように頼まれた。よろしく頼む」

彼は一方的にそう告げると、完璧に準備された書類一式をギルドに提出し、あっという間に《三妖精(トライアド)》のサポーターに収まってしまった。

正直すぐにでも追い返したかったが、実家に居場所が知られている以上、彼を拒否したら今度は強引に連れ戻されるかもしれない……パパがそんなことするとは思いたくないが、そう考えると彼が監視役だと分かっていても受け入れざるを得なかった。

とはいえ彼女も簡単に白旗を揚げるような女ではない。

もし彼の仕事ぶりにケチがついたら「こいつマジで無能なんだけどパパ⁉」と正当な抗議と一緒に送り返そうと考えていた……のだが。

「……」

マフィンはおいしい。

さらに紅茶の味も彼女の好みだ。

正直、これが自分で見つけてきたサポーターだったら、ナイス私ってば人を見る目も一流ねと手放しで喜んでいただろう。

なんだかそう思うと余計に悔しさが募る。

「ぬぅ〜〜〜」

「どうした？　変な顔をして」

百面相をするパルメを見て彼は無遠慮に指摘する。

「何でもないわよ！　これくらいで認められると思わないでよね！」

「？」

なぜ怒られたのか分からない表情で彼は首を傾げた。

「にゃぁーん」

人間たちが食事しているのに釣られてか、彼の肩に乗った黒猫が「僕にも頂戴」と鳴き声を上げる。

「あら、貴方も欲しいんですの？　はい、どうぞ」

「にゃぁ～」

「かわいいですわね～」

リリスの手からマフィンのカケラを食べ、黒猫はお礼のように「にゃぁん」と鳴く。

「お利口さんですわね。でも、何で危ないクエストにまで連れてきたんですの？」

「いや……こいつは寂しがり屋で、俺から片時も離れられないんだ」

「まあ～愛らしい。撫でてもよろしくて？」

「どうぞ」

「あ、あたしもいいですか？」

「にゃぁ」

……なんか三人（と一匹）仲よくなってない？

またしてもぐぬぬとなりながら、パルメは残りのマフィンを乱暴に口に突っ込んで呑み込んだ。

「――んっ！　はい休憩終わり！　さっさとスライムを討伐しに行くわよ！」

「えぇ……食べたら今度は眠くなってきましたわ。昼寝してからにしません？」

「いいから立てぇー！」

駄々をこねるリリスを強引に引きずり起こし、パルメたちはスライム谷の底へ向かう。

丘の坂道をくだる間は木の枝や葉が目隠しになっていたが――谷底に着くと木々が途切れ、急に視界が開けた。

「……いたわ！」

先頭を進んでいたパルメは皆を制止する。

彼女の視線の十数メートル先にはスライムが五、六匹固まってうごめいていた。

さらにその奥にもスライム、また奥にもスライム、スライム、スライム……。

「……っ」

お、思ったより多いわね。

それは高台から見下ろした時点で分かっていたことだが、改めて目の前にすると若干怯んで……いえ！　こんなことで怖じ気づいちゃダメよ私！

パルメは持ち前のポジティブさで自分を叱咤（しった）すると、弱気を振り払って剣を抜いた。

「リリス、マリエール、準備はいい？」

「ええ、いつでもどうぞ」

「だっ大丈夫です！　きょ、今日こそは！」

仲間の返事を聞いてパルメは頷（うなず）き、続けてサポーターにも視線を向ける。

「あんたは離れて、適当なところに隠れてなさい」

気に食わない相手とはいえ、戦闘力のないサポーターを危険に晒（さら）す真似（まね）はしない。彼女が隠れているように指示すると、彼も頷いて安全な場所まで退（さ）がっていった。

「よし……行くわよ皆！」

パルメは剣を両手で構えると、先陣を切ってスライムの群れへと走り出した。

△

「――――」

パルメから退避を命じられたサポーターの彼は、全速力で坂道を駆け上っていた。

それは安全地帯まで退がっているというには、あまりにも全力の疾走だった。しかもそのスピードは、重たい背嚢（はいのう）を背負っているとは思えないほど速く、とても非戦闘職のそれではなかった。

『イサナ。目星をつけてた狙撃ポイントまでもうすぐだよ』

その時、彼の脳内に肩に乗る相棒猫の声が響く。

（了解だ、ノワ……見つけた）

イサナが探していたのは、丘に生えた木々の中で一本だけ突き抜けて成長した大木だ。

彼は跳躍魔法で宙を蹴り、大木の頂点付近の一番太い枝に着地する。

（視界良好……よし）

イサナはそこから谷底を見下ろせるのを確かめると、別の枝に背嚢を引っ掛け、その奥からバラバラに分解された部品を取り出した。

彼は慣れた手つきでそれらを組み立てていく。

そうして一分もかからずできあがったのは、彼の第二の相棒――多重機巧型可変銃【イズライール】だった。
（ノワ）
『はーい』

返事とともにノワの猫の体が光り、それは粒子となってイサナの顔を覆う。

光が収まると、ノワは生身の猫から猫型の面に変身し、主人の顔をすっぽり覆っていた。

『精霊眼（アストラルビジョン）オープン。各種センサーチェック、感度良好。脳波同期（リンク）オッケー。感覚共有開始！　イサナ、調子はどーぉ？』

（問題ない）

イサナは頷き、大木の枝にうつ伏せになるようにして狙撃ポジションについた。

猫の面を被（かぶ）り、漆黒の狙撃銃を構える姿は紛れもなくかつての彼――《夜会（ノワール）》の『黒猫』の姿だ。

イサナがこんな手間をかけてまで狙撃銃を持ち込んだ理由――それはパルメの父親からの本当の依頼が関係していた。

「家出してまで冒険者になった娘を陰から助けて欲しい」

彼に娘を助けて欲しいというのは、もちろん飯炊きや荷物持ちのことではなく、冒険者の定番であるモンスター退治を手伝って欲しいという意味だ。

だがそれだけの依頼なら『黒猫』に頼む必要はない。フリーで腕利（うでき）きの冒険者を雇えばいい話だ。しかし、彼女の父親は《夜会（ノワール）》が壊滅したあと姿を暗ましていた彼をわざわざ探し出し、娘のサポートを頼んだ。

その理由は、依頼内容に付随する、とある絶対条件の所為（せい）だ。

「ただし、君が陰から援護していることを娘たちに悟らせてはいけない」

要するに狙撃はおろか、彼の正体に至るまで、一切をパルメたちに気づかせるなということだ。

いくら何でもそんな七面倒臭い……もとい、なぜそんな条件をつけるのかとイサナは尋ねた……が、

「だってバレたらパルメちゃんに過干渉だって嫌われるじゃないか！」

と言われ、大人のマジ泣きを見せられてしまった。

まあ、冒険者になりたくて家出した娘のパーティに、凄腕(すごうで)冒険者を送り込んで彼女を護(まも)らせるとなったら……それは確かに嫌われるかもしれないが。

（今更だが変な仕事を引き受けたな）

『そうだねー』

彼のぼやきに使い魔が笑う。

『でもさー、彼女たちに僕のこと普通の猫みたいに誤魔化す必要あったかな？』

（ただのサポーターが使い魔連れてるのは変だろ）

『別によくない？　僕もあの子たちとお喋(しゃべ)りしたいな～』

（お前ってそんなお喋りだったか？）

『だって僕、女の子と話したことないんだもん』

まあ、猫だしな。

（いいから仕事だ）

『はーい』

とりあえず、お嬢様たちの戦いぶりを拝見させてもらおうか。

イサナは狙撃銃のスコープをパルメたちのいるスライム谷へ向ける。

ノワと同期した精霊眼は彼女たちの魔力をすぐさま捉えた。

が、

（……は？）

思わずイサナは変な声を漏らした。

「きゃあああぁー！　何よこのエロスライム！　バカバカバカバカバカ！」

ついさっき果敢にスライムの群れに突撃していったパルメは、その四肢を触手に搦め捕られていた。

『あれ、もう負けてる？』

（別れてから五分も経ってないぞ）

いくらなんでもやられるのが早すぎる。

確か、スライムはかなりの弱小モンスターだったはずだ。よほど慢心したアホか、奇襲でもされない限り、初心者でも狩れる程度ではなかったのか？

「いやぁーッ！　だからスカートの中に入ってこないでってばバカ！　下着が溶けちゃうじゃないのー！」

パルメは顔を真っ赤にして暴れるが、暴れるほど余計に身動きが取れなくなっている。

さらにスライムの消化液で彼女の服も悲惨なことになっていた。布地部分はほとんど溶けており、スカートなど見る影もない。その下からは真っ赤な下着が……。

『お嬢様って下着も派手なんだね』

（……っ）

猫らしく無頓着な相棒の発言に、耐性のないイサナは気恥ずかしくなる。

つい目を逸らしそうになるが、そんなことをしたら援護射撃もクソもない。

なにしろ依頼主の条件は『パルメたちに気づかれず援護して欲しい』だ。

その条件を満たすには、彼女たちの攻撃に合わせて狙撃し、彼女たち自身の手でモンスターを倒したと錯覚させる必要がある。

「やっンっ！　ちょっ……そこっ、吸われたら……！」

（……ッ……ッ……ッ）

というわけで、イサナはスコープから目を離すわけにはいかなかった。しかもノワとの同期で視力のほかに聴力も向上しているため、少女の切ない吐息も間近のように聞こえてしまう。

『イサナのスケベ』

(不可抗力だ!)

謂れなき中傷に断固抗議するイサナ。

とはいえ、これ以上パルメを注視しても狙撃チャンスは訪れそうにない。

彼はスコープを他の仲間の方へ向ける。

「あらあら、パルメさんったら大丈夫かしら?」

回復術士のリリスは頬に手を当て、悲鳴を上げるパルメのことを眺めていた。

なんて暢気なと言いたくなるが、仲間の命を預かる回復術士は後衛に待機するのがセオリーなので仕方がない。

それになんだかんだ、パルメはまだ衣服を溶かされただけだ。スライムの消化力は弱く、人体に影響が出るのには数時間かかる。

一番ヤバいのはスライムの軟体に顔が沈み、窒息してしまうことだ。そうなったらさすがに助ける必要があるが、今はまだリリスの出番ではない……はずだったのだが。

「ああでも、やっぱり後ろで待ってるのは暇ですわね……それに、スライムはまだ試した

ことがありませんし」

リリスはぺろりと唇を舐めると、急に艶めかしい微笑を浮かべる。

(試す？)

『何のことだろうね？』

意味不明な独り言にイサナたちは首を傾げる。

と、その時——突然、リリスがスライム目がけて走り出した。

「リ、リリスさん⁉」

同じ後衛のマリエールが彼女の行動を見て驚きの声を上げる。

だが、その声音にはなぜか「突飛な行動に驚いた」のではなく「またですか⁉」という感情が込められている気がした。

「貴方たちは私を満足させてくれますかしら？」

リリスは仲間の声に耳を貸すこともなく、バレエダンサーのように軽やかにその身を宙へと躍らせ、そのまま無防備にスライムの群れの中心へと落下した。

(はぁ⁉)

これにはイサナも呆気に取られるしかない。

「〜〜〜！」

「～～～！」

「～～～！」

それはそれとして、いきなりダイビングボディプレスを喰らったスライムたちは物凄く怒っていた。

スライムは群れとしての結束が非常に強い。

そのため突如として発生した怒りは全体に伝播し、その矛先はリリスへと向けられる。

「きゃっ！」

その結果、パルメを捕えていたスライムも彼女を放り出し、リリスの方に襲いかかる。

お陰で彼女は助かったが、今度はリリスがピンチだ……が、なぜか彼女は両手を広げ、逃げようとすらしていなかった。

「さあ、こちらにいらして！」

スライムの体は粘度の高い半液体半固体で、実はある程度硬さを自分で調節できる。

といっても最硬で粘土くらいの硬さだが、それでも全身を固めて体当たりすればそれなりのダメージが入る。それが何十体という群れの突撃ともなれば、暴れ牛に撥ねられるようなものだ。

当然、リリスの小さな体は簡単に吹っ飛ばされるのだが、

「あぅんっ！」

なぜか彼女の声は甘い歓喜を伴っていた。

「あっ！　おぅふ！　もっと！　もっと！　いいですわ！　全身を突き抜けるこの衝撃に背骨がミシミシ軋む音～。脳みそがギュンギュンしますわ～」

スライムたちに集団暴行されながら、リリスは嬉しそうに叫んでいる。ボコボコにされすぎてシスター服もボロボロだが、当人はまるで気にしていない。

（身を挺してパルメを助けた……のか？）

『とてもそうは見えないよ』

（だよな）

『どうする？　助ける？』

（……助ける必要あるのか、あれ？）

すでに半裸状態の彼女だが、不思議と露出した肌は無事だ。

（ダメージを喰らうと同時に自分を治癒してるのか？）

『んー、でも祈祷術が発動してる様子はないよ』

（なら並外れて頑丈とか……？）

だとしても彼女の行動の意味はさっぱり分からないが。

イサナが困惑していると——不意に、マリエールの方から強大な魔力の揺らぎが起こり、慌ててそちらにスコープを向けた。

「いいっ今お助けします！」

マリエールは仲間のピンチ——内一名は自分から窮地に陥ったが——を見て、魔法を唱え始めていた。

「……！」

溢(あふ)れる魔力がうねり、大気が蜃気楼(しんきろう)のように歪(ゆが)み、彼女の纏(まと)うローブの裾が風もないのにはためき始めた。

魔導塔(タワー)の魔導師は魔法陣を紙ではなく自身の体内に描くように訓練する。それは、強力な魔法ほど魔法陣は複雑に、しかも二重三重に重ね合わせ、さらには立体的に組み合わせて描く必要があるからだ。

そのため上級魔法ともなると、紙のような平面上には描くことが不可能で、自分の中で魔法陣を構成できるか否かが上級魔導師になれるかどうかの境界線になる。

そうした技術的な面で言えば、マリエールの技量は間違いなく卓越していた。

これは、もしかしたら自分が援護するまでもないかもしれない……とイサナが思いかけた時。

「……ひっく」

(ん?)

イサナはマリエールの動きが急に止まったのを見て訝しんだ。

すでに彼女の中で魔法陣はほとんど完成している。

あとは最後の円を結び、魔法を解き放つだけだ。

しかし、なぜか彼女はそれを止めてしまった……その代わり、小さなしゃっくりが連続して聞こえてくる。

「ひっく……ひぃーっく……あはっ、あはは」

さらに突然マリエールは笑い始めたかと思えば、千鳥足になってその場でフラフラし始めた。

『……もしかして、魔力酔い?』

彼女の様子を見てノワが呟く。

魔力酔いとは文字通り魔力に酔うことだ。

前述の通り魔導師は己の体内に魔法陣を描くため、体内で魔力を高速循環させる。

そうすると一時的に体の中の魔力濃度が上がるのだが、体質によってその濃すぎる魔力に酔ったような現象を引き起こすことが稀にあるのだ。

「あっはは～きもてぃ～」

マリエールは恍惚とした表情で、杖に掴まるようにフラつく体を支えている。

その顔色はどう見ても酔っ払いのそれだった。

「あはっ……あはー、あっそうだ。みんにゃを助けなきゃー」

彼女は上機嫌に笑いながら完成間近だった魔法陣を破棄し、新たな魔法陣を超高速で描き始める。

『わわわっ何あれ⁉　魔法陣の数が一、二、三……五重陣⁉』

彼女が描いている魔法陣を見て、ノワは驚きを隠せない様子だった。

確かに五重陣を用いる魔法などイサナも見たことがない。

「いっくよ～水爆連星魔法！」

（⁉）

瞬間、耳を劈く爆発音が連続でスライム谷に響き渡る。

それはまるで不可視の連鎖爆発だった。突如として大気の一部が歪んだかと思うとそこに衝撃が発生し、近くにいたスライムを吹っ飛ばす。その威力は凄まじく、衝撃波がイサナのいるところまで届くほどだった。

「きゃあぁぁー！」

「はあぁ～ん！」

マリエールの魔法は正確にスライムを狙っていたが、爆発の規模が大きすぎて彼女の仲間たちも巻き込まれ、右へ左へ吹っ飛ばされていた……もっともふたりの表情は百八十度違うものだったが。

やがて爆発の連鎖が収まった時、谷底には千切れ飛んだスライムの雨が降るという珍景が広がっていた。

ついでに巻き込まれたパルメとリリスは、ピクピクと痙攣(けいれん)しながらマリエールの足元に転がっている。

「ちょっと！　私たちを巻き込まないでっていつも言ってるでしょ！」

と、頭のたんこぶを押さえながらパルメが勢いよく立ち上がり、マリエールに文句をつける。

（死んでなかったか）

『服は全滅してるけどね』

ひとまず彼女が無事なことに安堵(あんど)するふたり。

一方、裸鎧(よろい)状態のパルメは頭を抱えて天を仰ぐ。

「ああもう！　魔導塔(タワー)始まって以来の天才に『奇跡の聖女』をゲットして、私の最強パーティができたわって思ってたのに！　集まったのが魔力酔いブッパ女に聖女の皮を被ったドマゾ女って、いったい何の冗談なのよー！」

「だってー、つおい魔法使うのきもてぃーしー」

「マゾだなんて品のない。未知の刺激を求める探求者と呼んでくださいませ」

絶叫するパルメに対し、散々な言われようのふたりはどこ吹く風だ。

（……）

てっきり我儘なお嬢様がふたりを振り回すパーティかと思っていたが、実態はどうやら逆のようだ。

『なんていうかハチャメチャな三人組だね』

（ああ）

『もしかして、ビッグフット討伐も今みたいにまぐれだったりして』

（かもな）

まあ、モンスター自体はちゃんと斃しているのだから問題ないのだろうが。

結果的にイサナが手を出すまでもなかった……が、想像以上にとんでもない問題児揃いだ。

はたしてこの先、全員を陰から助け、無事に生還させることができるのか？

モンスターよりも仲間の方がヤバすぎて、少し自信がなくなってきた。

イサナがそんな風に悩んでいると、

『イサナ！　あれ見て！』

相棒の切羽詰まった声で彼は慌ててスコープを覗く——と、目を離した数秒の間に、谷底で異変が起きていた。

「なな何よあれー⁉」

「あらあら」

「あははーでかーい」

それを見た彼女たちは三者三様の声を上げる。

リリスとマリエールの感想は暢気なものだが、この場合はパルメの反応こそ正常だろう。

なにしろ、突如として巨大なスライムが彼女たちの前に現れたのだから。

「これってまさか……スライムジャイアント⁉」

パルメが震えながら呟く。

（スライムジャイアントって何だ、ノワ）

『待って待って！　アーカイブを検索検索……あった！　情報転送！』

ノワの声とともに、イサナの脳内にスライムジャイアントの情報が流れ込む。

それによると、スライムジャイアントとは複数のスライムが合体して生まれる。だがその発生条件は非常に難しい。スライムには一匹ごとに核があり、核がある限りスライム同士がくっつくことはあり得ないからだ。

そう、たとえば複数のスライムの核を同時に破壊したりしない限りは……。

「マリエエエル！　あんたの魔法の所為じゃない⁉」

「えへぇー？」

パルメはマリエールの襟首を掴んで揺さぶるが、そんなことをしている間にもスライムたちはお互いの生命を繋ぐため、ドンドン合体していく。

そうして通常のスライムの十倍近い大きさになったスライムジャイアントは、その巨体で三人に襲いかかった。

「ちょっとまたぁ⁉」

「あら、いい締め付けが……！」

「あははーヌルヌルするー」

彼女たちはスライムの触手に捕まり、またたく間に自由を奪われる。

「あれー？　服が」

今までノーダメージだったマリエールが、溶けていく自分のローブを見て不思議そうな声を上げる。

その服の溶けるスピードは先程までの比ではなく、スライムジャイアントの消化力が並のスライムを遥かに上回ることを教えていた。

すでに服がほとんどなかったパルメはもっとヤバい。

「いや……あッ！　だめぇ……！」

スライムジャイアントの触手は彼女の体中に巻きつき、少女の柔肌をキツく締め上げる。加えて触手が肌の上を這いずる感触の所為か、はたまた羞恥のためか、彼女の全身はほんのり桜色に色づいている。冷や汗を掻き、それをスライムに舐め取られていた。

「うっ……や、やだぁ……やめてぇ」

かろうじて体を隠していた鎧も剝ぎ取られ、今の彼女は皮を剝かれた果物も同然。

あとはもう食べるだけだ。

「嘘ッ！　ちょっ、待っ……！」

パルメの体が半透明の軟体に沈み、下半身、上半身、さらに頭まであっという間に呑み込まれる。

「んんっんんーっ！」

モンスターの体内でパルメが溺れるようにもがく。

『ヤバいよ。もう助けた方がいいんじゃない？』

（クッ……！）

まさかの初日から依頼失敗になりそうだが、いよいよとなれば撃つしかない。

焦燥と逡巡に迷いながら、イサナはトリガーにかけた指に力を込める。

（マリエールは何してる……ダメだ、まだ酔いが抜けてない。リリスは……あいつ何で恍惚としてるんだ）

他の仲間に期待するのは無理そうだ。

仕方ないか……。

『あっ！　イサナ、あれ！』

（……！）

その時、スライムジャイアントに変化があった。

正確にはその体内のパルメ――彼女がモンスターに呑まれても手放さなかった剣が赤熱する魔力を放っていた。

（剣術か……！）

魔導師には魔法が、回復術士には祈祷術があるように、剣士や戦士といった前衛職もスキルと呼ばれる技を習得できる。

パルメは最後の足掻きとして、ありったけのスキルを放とうとしているのだ。

「……ッ」

すでに酸欠状態の彼女は、震える手で剣先をスライムジャイアントの核へと向ける。

「光刃剣‼」

それは声にならなかったが、確かに彼女の口はスキル名を叫んだ。

直後、彼女が手にした剣身が赤熱し、白光に輝く。光は一瞬膨らみ、それは白刃となって放たれた。

『今ッ！』

同時に、イサナもトリガーを引いた。

彼の魔力が狙撃銃の銃身に流れ込み、銃口から魔力が弾となって放たれる。

彼が愛用する多重機巧型可変銃【イズライール】は、多様な状況に応じ、魔力を対価に必要な魔導弾を形成することができる。使用者の瞬時かつ的確な判断さえ伴えば、まさに万能といっていい武器だ。

無論、最強と謳われたスナイパーにそれが使いこなせないわけがない。

【貫通】【溶解】【消失】【透過】【炸裂】を付与された魔導弾は、パルメの光刃剣とタイミングも寸分違わずスライムジャイアントの核を貫き、数秒の間を置いてその巨体を弾けさせた。

△

分解した【イズライール】を再び背嚢にしまい、イサナは崖の窪みを出て谷底への道を下りていった。

『お疲れ様、イサナ』

（ああ……なんだかマジで疲れた）

すでに猫の姿に戻ったノワに労わられるが、思っていた以上の疲労をイサナは感じていた。

最後に核を撃ち抜くのは、彼の腕前をもってすれば難しくはなかった。

だがまあ……予想外のことが起きすぎて疲れたのも確かだ。

けれど。

（これが表の仕事か）

まあなんだ、そんなに悪くない。

少なくとも《夜会》にいた頃と違って、仕事終わりの気分は晴れやかだ。なんなら不思議な充足感もある。

（厄介な依頼だが、ぼちぼちこなしていくか）

『だねー』

イサナとノワが雑談をしながら坂道を下りていると――突然、複数の悲鳴が上がった。

「「「きゃあぁぁー！」」」

「!?」

驚いて顔を上げると、裸の少女たちと目が合う。

「ちょっとこっち近づかないでよ！」

パルメは屈んで体を隠しながら、ベコベコにひしゃげた鎧の破片を投げてくる。

「ううぅ、もうお嫁にいけません～」

「あらあら大丈夫ですか？」

パルメの後ろでは酔いの醒めたマリエールに、彼女を慰めるリリスの姿もあった。

すでに祈祷術の治癒は済ませているらしく、彼女らの肌に傷などは見当たらない。

「もう！　スライムどころかスライムジャイアントまで討伐したのに！　こんな無様な格好じゃ街に凱旋できないじゃない！」

「あうぅ……」

「どうしましょうか？」

困り果てている少女たちの会話を聞いて、イサナは顔を真っ赤にしながら背嚢を下ろす。それから背嚢の中をガサゴソやり、三人分のタオルと着替えを取り出してみせた。

「ええ!? あんたそれ……！」

「服が濡れた時用に予備の着替えとタオルなら準備がある。生憎、シャツと長ズボンだけで下着はないが」

「は、早く寄越しなさいよ！」

急かすパルメに従って、イサナは彼女たちに着替えとタオルを配って回った。

数分で着替えは終わり、彼女たちはようやく人心地がついたように安堵のため息を吐いた。

「うふふ、イサナさんのお陰で助かりましたわ。ねぇ、パルメさん」

「……何よ。どうして私に振るの？」

リリスに意味深な視線を向けられ、パルメが訝しむように目を細める。

「あら？ だってパルメさん、休憩の時にイサナさんのことを認めないとか何とか、そんなことを仰ってませんでしたか？」

「……うっ！」

痛いところを突かれたのか、パルメは露骨に目を逸らす。

「〜〜〜」

が、そのまま知らん顔ができるほど、彼女は恩知らずというわけでもなかったようだ。

パルメはキッと睨むようにイサナと目を合わせると、

「ありがとうね！　助かったわよ！」

と、ぶっきら棒にお礼を言って、またそっぽを向いてしまった。

『これは認めてもらえたってことでいいのかな？』

（……まあ、拒否されても元からついていくつもりだが）

あくまで依頼主は彼女の父親で、イサナは依頼を果たすだけだ。

だがしかし、彼女にも認められたというなら、決して悪い気はしなかった。

『あれ？　イサナ、もしかして笑ってる？』

（そうかもな）

イサナは適当に返事を誤魔化しつつ、なんとはなしに空を見上げる。

谷底から見上げた空は青く、妙に清々しい気分になった。

第二章　聖女のご主人様

イサナが《三妖精(トライアド)》のサポーターに就いて約二週間。彼は依頼主への経過報告のために、帝都のリッチホワイト商会を訪れていた。

「――という感じで、無事に《三妖精(トライアド)》のサポーターとして認めてもらいました。その後も四件ほどクエストに同行して……まあ、問題は起きてません」

「なるほど」

そう言って頷(うなず)くのはリッチホワイト商会頭取ゴードン・リッチホワイト。

ゴードンは立派なヒゲを蓄えた紳士だ。物腰は柔らかく、闇ギルドに所属していた過去を持つイサナにも丁寧な態度で接してくれる。昔、誘拐された娘を救出した恩もあるだろうが、どちらにせよありがたいことだ。

「家を飛び出して冒険者になった時は心配したけれど、上手(うま)くやっているようでよかった。やっぱりママの血が濃かったのかな……」

ゴードンは目を細め、机の上の写真を見やる。

そこには凛々しい顔立ちをした金髪の女性――パルメの母親が写っていた。話によれば、結婚前は大陸中を駆け回っていた高名な冒険者だったのだとか。

「ちなみに、イサナ君の正体はバレていないだろうね？」

「悟られるような真似はしていません」

ゴードンの確認に対し、イサナは首肯する。

「それはよかった。……ところで、娘に何か変わった様子はなかったかい？」

「変わった様子？」

依頼主に問われ、イサナは少し黙考する。

「……いえ、特には」

「本当に？　こう、ホームシックに罹ってたりとか、寝言でパパって呟いて涙してたりとかしてないかい？」

「……」

イサナは肩に乗るノワと目を合わせる。

「俺は見たことないが、ノワはどうだ？」

「僕も全然」

主従がそう答えると、今まで穏やかな威厳を保っていたゴードンが、突然苦しそうに身悶え始める。

「そ、そんなバカなぁ……！　パパはもう半年もパルメちゃんの顔を見ていない所為で、こんなにもっ、こんなにも胸が苦しいのにぃ……！　ああ、帰ってきて愛しのパルメちゃん……！」

「……」

毛がフカフカの絨毯の上で悶絶する中年男性を見下ろしながら、イサナは彼の依頼を受けた時のことを思い出していた。

そういえば最初も結構こんな感じだった……。正体をバレないようにするとか面倒だなと顔に出していたら、物凄い勢いで縋りついてきて、

「頼むぅぅぅ！　パルメちゃんを護る人間として、君以上の適任はいないんだぁ！　どうか！　どうかあぁぁぁ！」

と、イサナが根負けするまで早口で捲し立てられた。

まあ、正体バレしないためには遠距離攻撃必須で、その条件を満たした上でゴードンが知る最強の男が『黒猫』——イサナだ。娘の無事を願う親としては、何が何でも彼に依頼を受けてもらいたかったのだろう。

勢いに負けたといっても、別に彼の方だって依頼に不満があるわけじゃない。

それに闇ギルドを抜けて「さあ、これからどうしよう？」と、ノワと一緒に途方に暮れていたのだから、ゴードンからの依頼は渡りに船でもあった。

「うっ……うっ……パルメちゃん、パパは寂しいよぉ……」

「えっと、報告を続けてもいいですか？」

ゴードンがある程度落ち着いてきたところで、イサナは改めて声をかけた。

「うん？」

その声に反応し、ゴードンは床に寝転がったまま顔を上げる。

「あー……続けますね。《三妖精（トライアド）》のランクですけど、とりあえず順調にポイントは稼いで、もうすぐ四千を超えますね。今の調子ならすぐにＳ級に上がるんじゃないですか？」

「おお！　やっぱりパルメちゃんは凄いねぇ」

「まあ……そうですね」

凄いは凄いが、護る側からすると、もう少し実力に見合ったクエストを受けて欲しい気もする。

微妙な表情をする彼を見て、何か勘違いしたのかゴードンは安心させるような笑みを浮かべた。

「大丈夫。パルメちゃんたちがＳ級に上がれれば約束の報酬――イサナ君の新しい身分はちゃんと用意するとも」

「……はい」

《三妖精》をS級に上げるまで面倒を見れば、イサナはゴードンが用意した新しい名前と経歴に加え、一生暮らしていける額の報酬を受け取る。

この依頼を完遂すれば、彼は新しい人生を始められるのだ。

「それじゃあ、引き続きパルメちゃんのことをよろしく頼むよ」

「了解です、ゴードンさん」

△

依頼主への報告を終え、イサナたちはカナンの街に帰ってきた。

大陸の南西部に位置するこの街は、ほどよく発展しつつ、中央から遠い、交通の要衝から少しはずれているという、田舎寄りの地方都市といった風情だった。

都会ほど喧騒に悩む必要はなく、人にも物にもそこそこ困らない。少しだけ欠点を挙げるなら、中央の流行が半年遅れで入ってくるという程度で、大陸の中でも非常に住みやすい街だ。

「ん？」

「あっ」

帝都からの乗り合い馬車から降り、家路に就いていたイサナはその途中でパルメとばったり出くわした。

「偶然ね。どこか出かけてたの？」

「まあな」

イサナは軽く頷く。

「……」

ここで会話を終えてもよかったが、それではあまりに無愛想だ。今後のコミュニケーションも考え、もう少し世間話を続けることにする。

イサナは話題を探し、そこでふと彼女が紙袋に入った何かを大事そうに抱えていることに気がついた。

「そっちは買い物か？」

「まあね」

「本か？」

紙袋の厚さからイサナは推察してみる。

「……！　よく分かったわね。ほら、これよ」

中身を当てられたことに驚いたのか、パルメは目を丸くし、紙袋を開けて答え合わせをしてくれる。

「『ジョン・グレイテストの冒険集』？」

「もしかして知らないの？　帝国一の冒険者が書いてる自伝兼冒険譚よ！　久しぶりに新刊が出たのっ」

パルメは呆れた顔で『ジョン・グレイテストの冒険集』のことを話し始めるが、その声はウキウキとしていて楽しそうだった。

「よっぽどその本が好きなんだな」

「ええ！　冒険譚はいろいろ読んだけど、ジョンの冒険は特に心躍るわ。海竜との死闘も手に汗握るし、極点を目指す旅とか、人助けのために命を懸けるところとかも魅力的よ」

と、存分に本の魅力について語ったところで、彼女はハッと何かに気づく。

「って！　今日は帰ってすぐこれを読もうと思ってたのに、あんたと話してたら陽が暮れちゃうじゃない」

「あー……確かに。呼び止めて悪かったな」

「もうっ、別にいいわよ。じゃっ、次のクエストでね！」

パルメはイサナの顔を指差したあと、ダッシュで通りを駆け抜けていった。一刻も早くお気に入りの新刊を読みたかったのだろう。

その背を見送り、イサナも改めて家路に就いた。

ゴードンがイサナたちの拠点として用意してくれた家は、街の郊外にポツンと建つ一軒家だ。木造で少々古い代わりに間取りは広く、家具も一通り揃(そろ)えてある。夜になると近くの森から虫と獣の鳴き声がするのを気にしなければ、非常に良質な物件だった。

「それじゃちょっと早いけど夕飯作っちゃうね」

ノワはそう言ってイサナの肩から飛び降りると、人の姿に変身する。

変身した彼女は小柄で手足の細い、黒髪ショートの女の子になる。酒落(しゃれ)っ気(け)のない無地の黒シャツは動きやすさ重視で、彼女の好みだった。

「えーっと、買い置きは何が残ってたかな〜」

猫の精であるノワは家事をする時はいつも人の姿になる。単に人の道具を使うのにはその方が都合がいいからだ。

いそいそと台所で動き回る彼女から離れ、イサナは居間に向かう。

そこでとりあえず旅装を片づけるが、特にすることもないので床に寝転がってボーッとしていると、しばらくしてノワが呼びにきた。

「ご飯できたよー……って、何してるの？」

「いや、別に」

イサナはノロノロと立ち上がると、彼女と一緒に台所へ移動してテーブルの椅子に腰を下ろす。

テーブルにはサンドイッチに豆のスープ、肉で野菜を巻いたおかずに辛めの漬物と、レパートリーに富んだ夕食が並んでいた。

「いろいろ作ったな」

今日は買い物をしていないので買い置きしか食材はなかったのに。

イサナがそう漏らすと、ノワは照れ臭そうに笑う。

「料理楽しくて嵌まっちゃってさー。昔はほら、硬くて味のしない携帯食ばっかり食べてたでしょ」

「そうだったな」

別にそれでもイサナは構わないが、彼女が楽しそうにしているならやらせておこうと思って何も言わなかった。

「いただきます」

「いただきます」

嵌まっているというだけあって、ノワの料理は日に日に上達していた。それもかなりの上達速度といえる。

「その内、店でも開けるかもな」

「いいねそれ！　この依頼が終わったら帝都で喫茶店でもやろっか、ふたりで！」

ノワは本気とも冗談とも取れる軽口を叩く。

「ところでイサナ、さっきは聞きそびれたけど何してたの？」

「ん……いや」

イサナは開きかけた口を噤む。

こういうことはあんまり言うべきではないと思ったからだ……が、外道魔導学者の実験室から逃げ出して以来の相棒に隠し事は通じなかった。

「もしかして、パルメちゃんたちのこと考えてた？」

「！」

図星を指されてイサナは目を丸くする。

帰りがけに鉢合わせたこともあり、ボーッと天井を眺めながら彼女とその仲間たちについてさっきまで考えていた。

「お店をやる云々も、まずはあの子たちをS級に上げてからだもんね～」

びっくりしている相棒を見て、ノワは苦笑いしながらスプーンをくるくる回す。

「まあーあれだよねー、予想を超えた予想外の遥か斜め上っていうか……三人とも個性的だもんね～」

ノワはまあまあ言葉を濁したが、それでも濁しきれない苦労が声に滲んでいた。

「パルメちゃんはリーダーシップはあるんだけど突っ走りすぎだよねぇ。唯一の前衛職だから前に出るのは当たり前なんだけど、敵を前にすると視野が狭くなるっていうか」

彼女たちとクエストに行くと、最初にピンチに陥るのは大体パルメだ。

原因は今ノワが述べた通りで、単純にひとりで突っ込みすぎである。

あと剣を大振りしすぎだ。力が入りすぎているのかもしれないが、あれでは敵に当たらない。

「マリエールちゃんもいい子だけど、どんな雑魚モンスターにも全力魔法ブッパするのはマズいよねぇ。魔力酔いは体質だからどうしようもないけど」

彼女も素面の時はおとなしいのだが、一度魔法を発動しようとすると途端にバグる。

いちおう《三妖精》の戦果の八割は彼女の魔法だ。しかし、《三妖精》の被害の八割も彼女の魔法で、イサナは毎度そのフォローに苦心している。

しかも酔っているのでたまに狙いをはずすし……二回ほどイサナも巻き込まれかけて死

ぬかと思った。

ある意味で彼の最大の敵かもしれない。

「あとーリリスちゃんはー……」

《三妖精》最後のひとりに言及しようとして、ふとノワが口ごもる。

その理由は、相棒であるイサナにも痛いほど理解できた。

パルメとマリエールも大概だが、リリスはもう、なんというか、想像を絶する。

「被虐趣味っていうの？　僕には人間の癖とか理解できないんだけど、あれって本当に気持ちいいのかな？」

「俺に訊くな……まあ、じゃなきゃ毎回モンスターの群れに突っ込んだりしないだろ」

イサナも普段は人の性癖に口出しするつもりはないが、それがパーティの回復職となれば話は別だ。

仲間の生命線である彼女は誰よりも最後まで生き延びなければならない。

それが率先して危険地帯に身を晒しにいくのだから……もう本当に勘弁してくれ。

「毎度あんな奇行に走られたら護るのも一苦労だ……」

イサナはつい愚痴を漏らすが、それにノワは肩だけ竦める。

「イサナもお人好しだよねー。依頼はパルメちゃんだけなのにさ、あのふたりのフォローまでするんだもん」

「それは……」

確かに、厳密に言えばあのふたりを護ることは仕事の内容に含まれていない。

だが、そんなことは関係なしに、

「見捨てるのは気分が悪いだろう、単純に」

と言って、彼はスープの底に溜まった豆をスプーンで掬って口に運んだ。

それを聞いてノワはやれやれと笑うが、彼女はまだ不思議に思うことがあるようで「でもさー」と話を続ける。

「リリスちゃんってさ、いつも妙に綺麗じゃない？」

「まあ、容姿は整っていると思うが」

「外見の話じゃなくて、いや、外見の話なんだけどさ。そうじゃなくて、あんなにモンスターに襲われてるのに肌に傷ひとつないってことだよ」

「……言われてみればそうだな」

リリスは毎回シスター服がボロボロになっているが、破れた服の下から覗く肌にはいつも掠り傷ひとつなかった。

彼女の奇行のインパクトが強すぎて、いつの間にか細かいところを気にしなくなっていたらしい。

「祈祷術か何かで防御力を向上してるとか？」

「でも見た感じ、魔力反応はなかったんだよね」

「なら実はああ見えて武道の達人でダメージを受け流せるとか？」

「それじゃ性癖と矛盾しない？」

「確かに……」

「うーん……」

しばらくふたりは彼女の体が傷つかない理由を考えてみたが、結局何も思いつくことはなかった。

△

その二日後、《三妖精》が再びクエストを受けた。

依頼内容は、街の共同墓地に出没するアンデッド系モンスターの討伐だった。

「なら今回は遠出しなくていいんですわね」

共同墓地は街外れにある。

あまり歩かなくて済むと知って、サボりたがりのリリスは嬉しそうにしていた。

が、やる気は人一倍あるお嬢様はそういう態度に厳しかった。

「依頼主の方は墓が荒らされて困っているらしいわ。一刻も早く解決するために、今夜から墓場の傍(そば)に泊まり込むわよ！」

「えぇぇー」

不満の声を上げるリリスを無視し、パルメはイサナにも視線を向ける。

「そういうわけだからキャンプと夜食の準備しておいてよね」

「分かった」

『作るのは僕だけどね』

肩に乗っているノワが念話でツッコミを入れる。

「キャンプですかぁ～。ちょっと楽しみですぅ」

マリエールはのほほんと微笑(ほほえ)む。

今日のキャンプ地は墓場なのだが、それは大丈夫なのだろうか？

それはそれとして、四人と一匹は一度準備をしに家へ戻り、夜中に改めて共同墓地の前に集合した。

それからテントを張り、あとはモンスターが現れるのを待つかというところで、ひとつ問題が生じた。

「何でテントがふたつしかないのよぉ⁉」

「急だったからこれしか用意できなかった」

何しろ昼に決まって夜集合だ。そのほかの準備もあったし、これが限界だった。

「ふたりずつ入れれば狭くはないと思うが……」

「誰が男のあんたと一緒になるのよ」

私は絶対嫌だという目でパルメがこちらを睨んでくる。

「こうなったら責任取って男のあんたは外で待機ってことで……」

「……」

それもやむなしかとイサナが諦めかけていると。

「まあまあ、仕方ないじゃありませんか。そういうことでしたら、私がイサナさんと同じテントで構いませんわ」

そう言って手を挙げたのはリリスだった。

「ちょっとリリス、本当にいいの？　ひと晩一緒になるのよ？」

慌てるパルメに当の本人は余裕の表情で頷く。

「ええ、問題ありませんわ。ね？　イサナさん？」

「あ、ああ」

戸惑いつつイサナも頷く。

「ノワさんもよろしくお願いしますね」

「にゃ、にゃー」

自分にも微笑みかけられ、ノワは引き気味に鳴き声で返事をする。

「ま、まあリリスがいいならいいけど……」

そこでまたパルメはイサナにジト目を送る。

「言っとくけど、変なことしたら即解雇だからね解雇！」

とりあえず、テントの問題はこうして片づいた。

それから次にクエストの相談をする。

「依頼書によると、現れるのはゾンビとゾンビ犬らしいわ。あいつらはお墓を掘って死体を漁(あさ)るけど、生きてる人を見つけたら襲いかかってくるみたいね」

だが肉が腐っているので幸い動きはノロい。

「ただあんまり物理攻撃は効かないようね、いちおう足止めくらいはできるけど。基本は魔法とかで倒すのがセオリーみたいだけど……」

魔法が効くと聞いてマリエールが杖(つえ)をグッと握る。

「が、頑張ります！」

「ダメ」

「え？」

　まさかのストップにマリエールがポカンとする。

「今回は場所がお墓でしょ？　マリエールの魔法なんか撃ったら大惨事よ」

「あぁうぅ……」

　ぐぅの音も出ない正論に、彼女はあうあうとしか言えなくなる。

「なら、どうやってアンデッドを倒すんだ？」

　横からイサナが質問する。

「アンデッドは祈祷術でも浄化できるの」

「祈祷術……」

　ということはつまり。

「私ですか？」

「当たり前でしょ。まさかできないなんて言わないわよね？」

　自分の顔を指差すリリスにパルメが呆れ気味に問い返す。

「まあ、確かに浄化はできますけど、あれは一日に何度も使えませんわ」

「何それ？　具体的にどのくらい？」

「ひと晩に一、二回くらいでしょうか。いちおう効果範囲内であれば浄化できますが、このお墓全部をカバーするのは無理ですわ」

「なら私が囮になるわ。生きてる人を見ると襲ってくるって話だし、簡単でしょ」

そこはかとなくフラグっぽいことを言いつつ、パルメは基本方針を固める。

「囮の私がモンスターを引き連れてくるから、リリスはお墓の北口で待機してて。そこでまとめて浄化してやりましょう。それに北なら街と反対側だから、最悪マリエールに魔法ブッパさせても被害は最小限でしょ」

「あ、あたしの出番もあるんですね」

「本当ににっちもさっちも行かなくなった場合に限ってね。基本は撃っちゃダメよ」

こうして作戦も決まり、彼女たちは対アンデッド戦の準備を始めた。

イサナはその間に使い終わった食器などを片づけ、それから共同墓地の周辺を探って狙撃ポイントを見繕う。

『あの小屋の屋根とかどう？』

（よさそうだな）

それは墓地の管理小屋のようで、今は使われていないようだ。あの上からなら墓地全体が見渡せる。

（少し雲がかかってきたな）

　ふとイサナは空を見上げ、天候の変化に気づく。

『ホントだ。時間が経ったら月が隠れちゃうかも』

（その時は視界補助を頼む）

『了解』

　とりあえず狙撃ポイントも見つけたので、彼らはいったんテントに戻る。

　少し肌寒くなってきたので焚き火の薪をくべ直していると、ちょうどパルメたちが帰ってきた。

「準備は終わったか？」

「ばっちりよ」

「なら、ひとまず夕食にしよう」

「そうね。お腹空いたわ」

　今夜のご飯は具だくさんのシチューに多めのパンだ。今日は朝までの長丁場になるかもしれなかったので腹持ちのいい内容にした。

「相変わらず料理はおいしいわね」

「そりゃどうも」

あれから何度かクエストをともにして、パルメもちょくちょくと料理の感想などを口にするようになっていた。

まだ壁はあるようだが、少しずつ彼を仲間として受け入れてくれている証だろうか。

いい雰囲気で食事は進んでお腹が膨れてくると、徐々に食べるより雑談の量の方が増えていく。

「……で！　南の海には財宝が眠ってるんだって！　そういうのを探しに冒険するのもロマンよねぇ～」

「あらあら、でもその海賊団って、確か船長の金遣いが荒すぎましたから、お宝なんて残ってないと思いますわよ」

「まーたリリスは夢のないこと言って～」

いにしえの冒険譚に出てくる伝説を熱く語っていたパルメは、横から茶々を入れるリリスの肩を揺さぶる。

「そんなこと言ってると、私がお宝を見つけても分けてあげないわよ」

「あら？　ではその間は私はお休みということで」

「ダーメ！　仲間なんだから一緒に来るのは当然でしょ！」

「えぇー」

「ええーじゃない！」

パルメは仲間を自分の冒険に巻き込む気満々らしい。我儘にも見えるが、リリスもマリエールも嫌ではないようだ。

「とにかく早く冒険者ランクを上げて、もっともっと大きなことをするのよ！」

彼女は自信満々に胸を張って大見得を切る。

自信があるのはいいことだが、少し足元が疎かになっていそうで心配になってしまう。

「それもいいが、まずは今夜のゾンビ退治だぞ」

「大丈夫よ！　ゾンビなんてたいしたことないわ」

この前スライムに服を溶かされていた冒険者が何を……と思ったが、不機嫌にしても仕方ないので、これ以上は何も言わない。

その後もしばらく団欒は続いたが、夜も更けてきたのでそろそろ片づけることにした。

「じゃ、あとはモンスターが来るまで交代で見張りをしましょう」

食後の紅茶を飲みつつ、パルメが皆に告げる。

「モンスターが来る時間帯とか分かりませんの？」

「深夜ってことしか分からないわ。結構な頻度で来るみたいだけど、確実なことは分からないって」

「ええ……」

「文句言わない！」

不満顔のリリスを一喝し、パルメはイサナにも視線をやる。

「あんたも見張り手伝ってくれる？」

「構わないぞ」

それがサポーターの仕事の範疇かどうかはともかく、彼には彼女たちを護るというもうひとつの仕事がある。そのためどの道起きている必要があるのだから、見張りの手伝いくらい構わなかった。

「ありがと」

パルメは軽くお礼を言う。

「じゃあ見張りはふたりずつで、二時間交代ね」

肝心の組分けはテントと同じペアということになった。

「待ってください」

だいぶ話もまとまってきたところで、再びリリスが口を挟む。

「何？」

「まだどちらの組が先に見張りにつくのか決めてませんわ」

「……心配しなくても日の出まで八時間あるから、見張る時間は均等よ」

「じゃーんけーん」

「⁉」

いきなり手を振り上げたリリスに、パルメは咄嗟にパーを出す。

リリスの手はチョキだった。

「うふふ、それでは私たちは先に休ませてもらいますわね」

「あんたねぇ……」

パルメは呆れ気味に彼女を睨みつけるが、諦めたようにため息を吐く。

「あーもう、いいから先に寝てればいいじゃない」

「そうさせてもらいますわ。ささ、イサナさんも参りましょう」

「あ、おい」

リリスはイサナの背中をグイグイ押し、テントの中に押し込む。

そんなに早く休みたかったのか……。

「じゃあ、寝床の準備をするから少し待ってくれ」

「はぁい」

と言っても、軽く敷物を敷くだけだが——その時。

「――!?」

突如、イサナの全身が総毛立つ。

不意に背後に迫った殺気に、彼は驚くよりも先に反射で動いた。

「きゃっ」

咄嗟に相手を組み伏せた彼は、そのあまりに気の抜けた、かわいらしい悲鳴にトドメの動きを停止させる。

それははたして正解だった。

なぜなら彼が組み伏せていたのはリリスだったからだ。

「?.?.?.」

一瞬、勘違いかと訝しむが、背中に走った怖気の感触は本物だった。

あんな殺気は闇ギルドの敵の刺客からも味わった経験がない。それどころか、殺気以上の妙なプレッシャーすら感じたほどだ。

「ちょっと、今何か聞こえなかった??」

「何でもありませんわー」

外からパルメが声をかけてくるが、リリスは組み伏せられたまま平然と返事をする。

「……いったい何のつもりなんだ？」

パルメがテントから離れるのを待って、イサナは彼女に真意を問いただす。

「別に、ちょっと確かめたかっただけですわ」

「確かめる？」

「ええ」

リリスは小さく微笑み、唇をペロリと舐める。

彼女の視線はどこか熱を帯びているように感じた。

「はじめてお会いした時からピンと来ていましたわ。貴方、細身ですが相当鍛えていますわね。それにかなりの修羅場を潜り抜けてきた匂いがしますわ」

「……!?」

核心を突いた指摘にイサナはドキリとする。

隠れて援護をするという依頼の性質上、彼女たちの前で実力をひけらかすような真似はしていない。

長袖で素肌が露出しない服を選んで、鍛えた体もなるべく隠していたはずだが……なぜかリリスにはバレてしまったようだ。

「お前、何者だ？」

ただならぬものを感じてイサナは尋ねる。

「何者と言われましても、ご覧の通り可憐なシスターさんですわ」

「可憐なシスターがあんな殺気を出すものか」

「そんな、ちょっとしたお茶目ですのに」

リリスはおもしろそうにクスクスと笑う。

それが芝居なのか冗談なのか、いまいち判断がつかない。

(……ノワ)

『はーい』

仕方なくイサナはテントの隅に避難していた相棒に合図を送る。以心伝心、彼女は彼の意図を汲み取り、リリスに対して真贋魔法をかけた。

『いちおう判定はシロかなぁ。でも、何だろこれ?』

(どうした?)

『んー、精神の波っていうか、光? が今まで見たことない色と形してる気がする』

珍しく言葉の歯切れが悪い。

しかし、ノワに分からないのであれば、やはり本人に訊くしかなさそうだ。

「いいから答えろ。お前の正体は? 目的は俺か? それともパルメたちの方か?」

「質問が多いですわね。まあ、では順番に……」

そう言うとリリスの口元に、ほんのわずかな変化が起きた。

ニュッ、と鋭い犬歯が唇の隙間から飛び出してきたのだ。

「改めまして、私はリリス。こう見えて貴方より長生きの吸血鬼ですわ」

「吸血鬼……？」

「あら？　もしかして聞いたことありません？」

「大昔にいた人間の血を吸う希少な不死種だろ」

「よかった。ご存じですのね」

「お前が本当にそうなのかは分からない」

「血でも吸ってみせましょうか？」

「断る」

「でしたら……んっ」

リリスはいきなり自分の唇を噛む。

鋭い犬歯が突き刺さり、唇から血が滴る。

が、小さくとも確実にあったその傷が、時を巻き戻すように急速に治癒した。

「なっ⁉」

「これでいかがです？」

明らかに異常な再生力を目の当たりにし、イサナは目を瞠る。

(今のは祈祷術か？)

『ううん。魔力は感じなかったよ』

(つまり純粋な肉体の治癒力か)

当然そんなもの人間の範疇ではない。

「……お前本当に吸血鬼なのか？」

「だからそう言ってますのに」

リリスはからかうように笑う。

その微笑は相変わらず綺麗で、とても非人間のようには見えなかった。

しかし、事実は事実だ。

「パルメたちはこのことを知ってるのか？」

「いいえ、この世で私の正体を知っているのは貴方だけですわ」

まあ、普段の態度からしてパルメたちには隠しているだろうなとは思った。

ではなぜイサナには正体をバラしたのだろうか？

「それで私の目的ですが……実は、イサナさんにお願いしたいことがあるのです」

「お願い？」

伝説の生物のわりには、随分と下手に出た言葉だ。

そうして彼女は相変わらず余裕たっぷりに、それでいて頬を紅潮させながら、期待に満ちた眼差しで彼を見つめ、

「イサナさん……私のご主人様になってくれませんか？」

と、件の「お願い」を口にした。

「…………ん？」

『どゆこと？』

リリスの口から飛び出た予想外の「お願い」に、イサナもノワも困惑する。

「イサナさんはこの世で最も吸血鬼を殺した病は何だと思います？」

彼の戸惑う顔を見ながら、彼女は唐突な質問を投げかけてくる。

「吸血鬼を殺す病……？　そんなものあるのか？」

「ええ、答えは『退屈』ですわ」

そう言ってリリスはため息を吐く。

「陳腐な悩みと思うかもしれませんが、実際問題退屈に勝てる命はありませんわ。だから私は『退屈』を殺す『刺激』を求めているのです」

「『刺激』？」

そういえば以前、刺激の探究がどうのこうのと言っていた気が……。

「パルメさんに付き合ってあげているのも、言ってしまえば刺激を求めてのことですわ。彼女のことは見ていて飽きませんし、マリエールさんの魔法も素晴らしい」

「……まさかお前の言う刺激って」

魔物（モンスター）の群れに単身で突っ込んだり、マリエールの魔法に嬉々（きき）として巻き込まれるアレのことなのか？

『うわぁ、ヘンタイさんだぁ……』

（同感だ）

彼ら主従は心底ドン引いていたが、そんなこと気にも留めずリリスは話を続ける。

「ですが、最近は少々それにも慣れてしまったところです……そこへ現れたのが貴方ですわ」

「俺が？　俺のどこが刺激になるんだ？」

「とぼける必要はありません。ギルドで顔合わせした時から、貴方からは今まで嗅いだことがないほどの血生臭さを感じましたの」

「……」

「貴方なら私に新しい刺激を与えてくれる予感がしますの。だから、ね？　私のご主人様になってくださいませんこと？」

「……」

『イサナ、どうする？』

ノワの問いかけにイサナはしばし沈黙する。

リリスはイサナが《夜会(ノワール)》の『黒猫』であることまでは知らないだろうが、彼の真の実力にある程度勘づいている節がある。

昔なら真っ先に口封じを考えただろう。

だが今はそうではない。

「そのご主人様とやらを引き受けたら、俺のことは黙っていてくれるのか？」

「貴方がお望みなら」

「なら、分かった」

イサナは頷(うなず)く。

『いいの？』

（変態でもこいつは貴重な回復役だ。あのお嬢様たちが生き残るには必要だろ）

若干、自分を納得させるように彼は答える。

そうしてリリスとの間に秘密の主従関係が結ばれ、ひとまず話は終わった——と思った直後、突然彼らのテントにパルメが叫びながら駆け込んできた。

「ゾンビが現れたわ！　ふたりとも急い……で……準備、を……」

そして、彼女はイサナたちを見て固まる。

そこでイサナは今の自分たちの体勢を思い出す――彼は無抵抗（に見える）リリスを組み伏せた格好で、いくらでも誤解を与えてしまう状況にあることを。

「待っ」

「なあぁぁにやってんのよあんたはぁ‼」

パルメが顔を真っ赤にしながら叫ぶ。

慌ててイサナもリリスの上から退くが、そんなことで彼女の追及は止まらない。

「こここのケダモノ！　とうとう正体現したわね⁉　確かにリリスはドMのヘンタイだけど、だからって襲っていいわけじゃないのよ⁉」

「ドMのくだり入れる必要ありました？」

軽くツッコミを入れつつ、リリスも裾を直しながら起き上がる。

「それに誤解ですよ。パルメさんが想像しているようなことは何もありませんわ」

「嘘！」

「本当ですわ」

「……本当に何もなかったの？」

「本人が言ってるんですから信じてくださいませ」

「むぅ……」

リリスが微笑みながら平然とそう言うので、パルメの声は段々と萎んでいく。

それを横から傍観しながら、イサナもノワも呆れ果てていた。

（あんなこと言っといて、よく堂々と何もなかったなんて言えるな）

『ポーカーとか死ぬほど強そうだね』

とはいえ、彼女のお陰で問題はうやむやにできたようだ。

そこでリリスがあごに指を当てながら小首を傾げる。

「ところでパルメさん、さっき何か言ってませんでした？」

「あっ⁉　そうよモンスターが来たわ！　急いで準備して！」

「あら、お早いご到着ですこと」

「こんな時までのんびりしてんじゃないわよ！　いいから早く配置について！」

アンデッドの浄化作戦はリリスが鍵だ。今回ばかりはさすがのぐーたら聖女もサボるわけにはいかない。

リリスはやれやれと肩を竦めると、一瞬だけイサナを見て、

「残念ですけど、続きはまた今度」

色っぽく流し目を寄越してから、彼女はパルメとともにテントを出ていった。

と思ったらパルメだけ戻ってきて、テントの入り口から顔だけ覗かせて、

「あんたはここに隠れてなさいよ！」

そう律儀に忠告をしてから改めて去っていく。

あんなことがあった直後でも、ちゃんとこういうことを伝えてくるのは彼女のまめな性格を表していると言えるのだろう。

そのせっかくの忠告を無視せざるを得ないのは、ある意味心苦しいが……。

（仕事だ）

『了解』

△

イサナたちは事前に目星をつけておいた小屋の屋根に陣取ると、手早く銃を組み立てて狙撃ポジションについた。

『今回はお墓も近いし、視力補正はどうする？』

（銃のスコープで十分だろう。それより光量が足りない）

『おっけぃ。任してー』

猫の面は精霊眼の視界を暗視モードに切り替える。

そうすると彼の視界が真っ暗闇からほんのり朝焼け程度に明るくなる。さすがに真昼のようにとはいかないが、視界の確保には十分な効果だ。

さて……。

準備を整え、イサナはスコープを墓場の方へ向ける。

するといく早速というか、ゾンビとゾンビ犬に追いかけられて涙目のパルメの姿を捉えた。

「うぼぼぼぁー」

「きゃあぁぁー！」

「いやぁーグロおぉ‼　嘘っちょっと待って待って待って‼　こんな足速いとか話と違うんですけどぉ⁉」

いや、遅ッ。

思わずイサナは心の中でツッコミを入れる。

確かにゾンビもゾンビ犬も足が腐っているにしては速い……が、あくまで「にしては」程度の速さだ。精々が競歩レベル。普通なら追いつかれるようなスピードではない。

なのに彼女が捕まりそうになってるのは、逃げながら後ろ向きに剣を振っているからだ。

本人は追い払っているつもりなのだろうが、あれではまともに走れるはずがない。

『一目散に逃げればいいのにー』

呆れているようなセリフだが、ノワの口調はむしろ心配していた。彼女のハラハラとしたキモチが同期（リンク）しているイサナにも伝わってくる。

「いぃぃやあぁー！」

「……ッ！」

ゾンビの腐った指先が彼女の髪を掠（かす）め、咄嗟（とっさ）にイサナは銃を構える。

【衝撃】【極小】【消音】の属性を付与し、マズルフラッシュを抑えるために出力を限界まで絞り、引き金を引く。

威力を抑えた魔導弾は豆粒のような大きさだった。しかして、その狙いは寸分違（たが）わずゾンビの手首に命中する。

「うぼぁっあ！」

元々脆（もろ）かった手が捥（も）げて、ゾンビが呻（うめ）き声を上げる。

「きゃあぁぁ！」

幸いその声はパルメ自身の悲鳴に掻（か）き消され、彼女がイサナの狙撃に気づいた様子はなかった。それどころか適当に振り回した彼女の剣が直撃し、ゾンビの体がくの字に折れて真っ二つになる。

『ナイスアシスト』

ノワが小さく快哉を上げる。

だがまだ緊張は解けない。

「うぼぼぼぁ」

「きゃあぁーグロいグロいグロい！」

ゾンビの真っ二つになった上半身と下半身が別々に動き、それを見たパメラがまた悲鳴を上げて逃げ出す。その悲鳴に釣られて周辺のゾンビが余計に集まってきて、それでまた彼女が絶叫する。

夜の墓場で騒がしいにもほどがあるが、逆にそれが功を奏して囮(おとり)の役目を見事に果たしていた。

「ハァッ！　はぁッ！　ハァッ！」

なんとも危なっかしい走りだが、あとは仲間たちの元まで逃げ切るだけ……だったのだが。

「きゃっ⁉」

もうすぐ出口というところで、小石に蹴躓(けつまず)いてパルメが盛大にすっ転んだ。

彼女は慌てて立ち上がろうとするが、元々たいして距離が離れていなかったこともあり、ゾンビ犬の一頭に追いつかれてしまった。

「ぶがぁう！」

ゾンビ犬はそのまま彼女に噛みつこうとしたが、腐った前肢が変にぐねって狙いをはずし――よりにもよってスカートの中に突っ込んでしまう。

「はぁ⁉　ちょっ、何してんのよエロ犬！」

「ぶがっがぁぅ！」

一瞬素に戻ったパルメが犬の頭をグイッと押し返す。

すると、離されまいとゾンビ犬も何かを咥えながらスカートから出てきた。

歯茎が剝き出しの犬の口に咥えられていたのは彼女の下着だった。

「んっ⁉」

同時にスカートが捲れ上がったのを目撃し、イサナは軽く動揺する。

『イサナ……また』

（違っ……ん？　いや待て）

『どうしたの？』

イサナはゾンビ犬の口元に違和感を覚え、極力ひらひらの布を見ないようにしながら観察を続ける。

「バッ!? 離しなさいよバカァ！」

パルメは脱げかけの下着を取り返そうとするが、ゾンビ犬はお構いなしに引っ張り続ける。スカートがさらに捲れ上がり、白い太ももの付け根まで露わに……。

「うぼぼぼぁー」

……と！ なんて言っている場合ではなかった。

ゾンビ犬に気を取られている間に、他のゾンビもパルメに追いついていた。

「いやっ！ やめて……ッ!?」

次々とゾンビたちの手が伸び、彼女の手足を摑んだ。

そのまま奴らは彼女の肉に噛みつく……が。

「イッ!? ……………んっ!?」

噛まれたはずの彼女が戸惑うような変な声を上げる。

『あれ、なんか変じゃない？』

（……やっぱりそうか）

『やっぱりって？』

（いや、あの犬を見た時点で違和感はあったんだが）

『何ナニ？　早く教えてってば』

（あのゾンビども……歯がない）

それが折れたのか抜け落ちたのかは分からないが、奴らの口には土気色の歯茎しかなく、そこには何にも生えていなかった。どうやら元は相当に年季の入った死体だったらしい。

『えっ、じゃああれって噛みつきじゃなくて、歯茎で咥えてるだけってこと？　そんなの甘噛みじゃん』

甘噛みゾンビとかって嫌だな。

「いやぁーなんかヌルヌルするー!?」

二の腕やふくらはぎをゾンビたちにハムハムされ、パルメがさっきとはまた違った意味の悲鳴を上げる。

臭い汁まみれでもはや全身ベトベトだ。

ひとまず彼女が噛み殺される心配はなくなったが、ピンチであることに変わりはない。

だが援護射撃をしようにも、あんな目の前のモンスターを狙撃してしまえばさすがにバレてしまう。

どうしようかと彼が思案していると――墓の北側から全力疾走してくる者があった。

「パールーメーさーん。独り占めなんてーズルいですわー」

リリスだった。

彼女はシスター服の裾をはためかせ、興奮した様子でパルメ——というかゾンビの群れ目がけて突撃してきていた。

「まっ待ってくださ〜い！」

その後ろからマリエールもついてきているが亀並みに足が遅い。

彼女を置き去りにして走るリリスの表情は、どう見ても聖女には程遠かった。頰は上気してピンクに染まり、興奮した口の端（はし）からちょっとよだれが……。

「私もぉー混ぜてくださーい！」

「ちょっとリリス⁉　バッ‼　こっち来んなーッ‼」

パルメが慌てて制止するが、そんなもので止まる女ではないのは今までのクエストで散々見てきた。

「とぉっ！」

リリスは見事な背面跳びで宙へ舞い、背中側からゾンビの群れへとダイブ。

「あンッ、そんなに強く引っ張ったら壊れてしまいますわ」

当然、新たな獲物を見つけたゾンビたちはリリスに襲いかかる。

手足を強引に掴まれ、シスター服を乱暴に破かれ、彼女は敵の為（な）すがままにされていた。

パルメよりも小柄で力が弱いのかもしれないが、そもそも無抵抗すぎる。

「こうして複数人に襲われるのもいいですわね……本当に乱暴されているようで胸が高鳴ってしまいますの！」

ゾンビたちに乱暴されながら彼女は喜びの吐息を漏らす。

貞淑の証（あかし）ともいえるシスター服ごと下着を引きちぎられ、陶磁器のような肌を露わにされて、傍目（はため）には相当ヤバい絵面なのだが本人は嬉（うれ）しそうだ。

『うわぁ骨がミシミシいってるのに……』

リリスの表情を見て、ノワが絶句している。

確かにあの状態では息をするのも苦しいはずなのだが……ポキッ。今、折れた音しなかったか？

「あぁはぁんっ！」

（………）

『今日イチ最高の笑顔だったよ？』

（…………俺たちは何も見なかった。そういうことにしておこう）

あまりのことに数秒思考が止まってしまった。

しかもイサナが硬直している間に、折れたはずの腕がまたたく間に完治している。先程見せてくれた吸血鬼の再生力を遺憾なく発揮しているようだ。

あれがあるから彼女は『刺激』を存分に楽しんでいるのかもしれない。

というか……そろそろ何かアクションを起こしてくれないと困るんだが。

「ちょっとそこのヘンタイ聖女！　いい加減さっさとこいつらのこと浄化しなさいよぉー！」

顔も体もゾンビ汁でベチャベチャになりながら、パルメがリリスに向かって怒鳴る。

「もうマリエールも捕まっちゃったんだから！　早くして！」

「ひゃあぁぁ～やめてくださーい」

気がつけば、あとから追いついたマリエールもゾンビたちに捕まっていた。ゾンビ犬の爪にローブを引き裂かれ、こちらもわりと辱めを受けていた。

「あらあら……マリエールさんまでやられてしまうのはマズいですわね。でしたら、そろそろメインディッシュと参りましょうか」

ようやくやる気を出したのか、リリスは相変わらず頬を紅潮させながら祈祷術の祝詞をそらんじ始める。

すると、小さな白色の光子が彼女から溢れ出てきた。

夜闇の中ではより眩く感じる光の粒はやがて地面からも湧き上がり、やがて円を描くように広がって彼女と、彼女たちを襲うアンデッドたちをも囲む。

「聖浄光陣（ホーリーサークル）」

その瞬間、円の内側に光の柱が立ちのぼる。

「ぼ……ぁ……あ……」

光の柱に包まれたアンデッドたちの動きが鈍り、喧（やかま）しかった呻（うめ）き声も低く絞り出すような声に変わった。

腐った肉から灰色の煙が上がり、サラサラの砂のようになって消えていく。

それは浄化というだけあり、剣や魔法で吹き飛ばすのに比べて、どこか優しさを感じる効果に見えた。

『綺麗（きれい）な光だね』

（あんなのでも聖女は聖女か）

これまで何度もドン引く場面があったが、少し見直した。

今夜はあまり出番がなかったなと思いつつ、イサナはスコープ越しにアンデッドたちが浄化される様を見届ける。

「あ……ぼ……ぁ」

「う……ぅ……」

「あ……ばぁ……」

見届け……見届け……て……見届け。

『長くない？』

（そうだな）

光の柱が立ってからしばらく経つが、ゾンビたちはまだ呻いている。

それとも浄化には時間がかかるものなのか？

あまり専門ではないので確かなことは言えず、イサナは首を傾げながらスコープをもう一度リリスの方へ向けると――

「あっ、あぁ！　これ凄い……っ！　体の内側から刺されるような刺激がブスブスと……脳が焼かれますわぁー‼」

――そこには先程よりもイイ笑顔で、全身をビクンッビクンッさせている彼女の姿が。

どう見ても気持ちよくなってしまっている。

だがなぜ？　まだ斃しきれていないとはいえ、ゾンビたちは弱っている。もう彼女を満足させられるような力は出せないはずだが……。

（……まさか）

そこでふと嫌な考えがイサナの脳裏をよぎった。

（なぁ、ノワ）

『何？』

（もしかしてなんだが……吸血鬼も分類的にはアンデッド（不死種）だったりしないか？）

『……あ！』

もう相棒のその反応でイサナは自分の考えが当たっているのを察した。

要するに……リリスは自分で自分を浄化してダメージを喰（く）らい、それで快感を得ているということだ。

……プレイが高度すぎる。

ゾンビたちがなかなか消えないのも、もしかしたら彼女が長く刺激を味わうためにわざと手加減をしているのかもしれない。

（……ノワ、アンデッドに効く魔法属性を検索してくれ）

『……了解』

△

その後、残ったゾンビを淡々と処理したイサナがテントに戻り、彼女たちと合流する。

いつも通りそこで着替えやタオルなどを用意して渡していくが、その間ずっとパルメとリリスがギャーギャー言い争っていた。

「あんた絶対手加減してたでしょ!?　ここまで来ると意味不明すぎて逆に笑えてくるわよ！　まずはあんたの煩悩を浄化すべきよね！」

「ええ、本当はもっと丹念に時間をかけて味わうつもりだったのですが、思ったより早くゾンビさんたちが逝ってしまわれましたわ」

「全然早くないわよ!?　私とマリエールなんかその所為で変なとこ噛まれるし、ゾンビ汁でぬるぬるするしで、もう大変だったんだから！」

「あらあら～」

「あらあら～じゃっない！」

埒の明かない問答にパルメがキレて地団駄を踏むが、怒るのに疲れたのかドッと肩を落とす。

「はぁ～、もういいわ……うぅ、なんだかまだ体がムズムズする。誰かホーリィグラスちょうだい」

タオルで体を拭いてもまだ気持ち悪いのか、彼女はもじもじと体をくねらせる。

ホーリィグラスとは、汗や垢などの体の汚れを綺麗さっぱり落としてくれるアイテムだ。

それでゾンビ汁の不快感を取り除きたいのだろう、だが。

「スマン。今マリエールに渡したので最後だ」

「ええ⁉」

「ひぅ！　ごごごめんなさーい」

パルメが目を見開き、彼女の大声に驚いてマリエールが反射的に謝る。その手元の小瓶はすでに空で、中身はもう使い切っていた。

それからパルメの視線は再びイサナに戻り、怒りの矛先が向けられる。

「なぁーんでちゃんと人数分用意してないのよぉ⁉」

「店で在庫切れだったんだ」

「ウッソでしょ⁉　お店にもないのぉー⁉」

ホーリィグラスは長期間のクエスト中でも風呂いらずの便利アイテムだが、同時に必須というわけでもない。冒険者にとってクエスト中に風呂に入れないなんてザラだからだ。むしろそれが当然というスタンスの者も多い。

しかも値段も結構するので、懐に余裕のある者しか買えないし買わない。そのため人気のある商品とは言い難く、入荷数自体も少なめだ。

「ううう～！　じゃあもう今日は終了！　解散！　私は家に帰って速攻でお風呂に入って寝るわ！　ギルドへの報告はまた明日！　お疲れ様！」

「はぁ～い、お疲れ様ですわ」

「お疲れ様ですぅ」

挨拶もそこそこに、パルメは猛ダッシュで家に帰っていった。そのスピードはゾンビに追いかけられている時よりも速く、どれだけ気持ち悪いんだと同情の念が湧く。

「イーサナーさん」

彼女の後ろ姿を見送っていると、スススッとリリスが体をすり寄せてくる。

「何だ？」

「つれないことを仰(おっしゃ)いますのね。こうしてお仕事も終わりましたし、先程の続きといきませんこと？」

「……！」

しまった。忘れてた。

「いや、俺もテントを片づけたら帰るから」

「お手伝いしますわ。それともまたテントの中でシます？」

「まだ何もしてないだろう!?」

「あんなに情熱的に押し倒してくれたじゃないですか。イサナさんの手に摑(つか)まれた時に感じた力強さを思い出すと、私はもうっ、もうっ……！」

「妙な声を出すな！」

「あっ、お、お疲れ様ですぅ～」

ふたりの押し問答に巻き込まれるのを恐れてか、マリエールはそそくさとその場から離脱していく。

「ねぇ～イサナさん、いいえ、ご主人様ぁ」

「さすがに今日いきなりは勘弁してくれ！　心の準備ができてない！」

残るふたりは墓場の隅で、絡（から）まったり離れたり押したり悦（よろこ）んだりを延々と、朝日が昇るまで繰り返したのだった。

第三章　少女の汗と涙の結晶

「気持ち悪いのが全然取れないんだけどぉー!?」

ゾンビの群れを退治した二日後、パルメはイサナたちに向かって悲痛な叫びを上げた。

「まあ～、大量のゾンビに長時間甘噛みされたのが悪かったんでしょうか？」

「風呂に入ったんじゃないのか？」

「入ったわよ！　入ったけど、肌の奥に染み込んだゾンビ汁が取れなくてムズムズするの！」

イサナの質問に彼女は逆ギレ気味に答える。

「というわけで、全員でホーリィグラスの素材を採りに行くわよ！」

「ええ……再入荷されるのを待てばいいじゃありませんの」

いかにも面倒臭そうにリリスが提案する。

「お店の人に訊いたら再入荷まで二週間よ!?　そんなに待てないわ！」

「だからってなぜ私まで」

「元はといえばあんたが原因でしょうが！」

というわけで、《三妖精(トライアド)》一行はホーリィグラスの素材を求めて彷徨(さまよい)ノ森を訪れていた。

「いいぃーやあぁぁ！」

「あーれー」

そして、早速だがパルメとリリスが植物モンスターのギガプラントに捕まった。

『もういい加減この流れにも慣れたね』

(そうだな)

いや、慣れちゃいけないのだが、あまりにもいつも通りすぎて最近は驚かなくなってきた。

「待ってそこはダメだからぁー！」

ギガプラントの蔦(つた)が鎧(よろい)やスカートの下に潜り込み、パルメが悲鳴を上げた。

「んっ！　あっ……はぅ！」

さらに蔦に締めつけられ、彼女の口から艶(なま)めかしい吐息が漏れる。

『それにしてもパルメちゃんたちは毎回エッチな目に遭うよね』

（……そうだな）

確かにクエストに同行する度に、何かしら彼女たちの痴態を見ている気がする。

自分から率先して求めるリリスはともかくとして、パルメも毎回のように服をダメにしたり、モンスターから辱(はずかし)めを受けたりしている。

まあ、毎回散々な目に遭いながら冒険者を辞めないところは根性があるが……。

「わわわったた大変ですぅ。あっあたしが何とかぁ～」

《三妖精(トライアド)》に残された最後の希望こと、マリエールがあわあわしながら杖(つえ)を構える。

彼女の体内を魔力が巡り、魔法陣が組まれていくが……。

「……ヒッぅ」

魔力の循環で酔いが回り、彼女の頬に朱が差す。

大人しめの顔立ちがダラしなく緩んだかと思うと、酔っ払い特有のしゃっくりみたいな笑いが漏れ始めた。

「ウヒッ、ヒック、アハハッ今助けるからぁ～」

魔力酔いで気分が高まった彼女は超スピードで魔法陣を組み直していく。

「ちょっとマリエール!?　そんなの撃ったら素材が燃えっ!?」

「アッハハハッ～、大々爆裂焼夷球(エクスプロージョンスフィア)～」

「待っ⁉」

マリエールの放った巨大な火炎と爆発を伴う魔法がギガプラントたちを一掃する。

ここ一帯に生えていたホーリィグラスの花諸共（もろとも）。

「バカァー！」

「サイッコー！」

そのついでの如（ごと）く吹き飛ばされる仲間たち。

『……この流れにも慣れたね』

（……だな）

△

彷徨ノ森から帰還した《三妖精（トライアド）》一行は遅い夕食を食べに酒場に入った。

ここは以前もクエストの打ち上げで訪れた店だ。酒以外に料理も旨（うま）いと評判で、パルメのお気に入りらしい。

「こんな日はせめておいしいもの食べなきゃやってらんないわ」

そう言って彼女は焦げた髪の毛先と、未（いま）だに取れない体のムズムズの鬱憤を晴らすが如く大量注文を開始した。

やがて大皿に載った料理と酒がテーブルを埋め尽くし、パルメはヤケクソ気味に「かんぱーい！」と叫ぶ。

「んぐっ！　んぐっ！　プッハー！　おかわり！」

「あらあら、パルメさん飲むの早くありません？」

「っさい！　酔えば少しはムズムズも忘れられるでしょ！　お姉さーん！　じゃんじゃんお酒持ってきてー！」

パルメはリリスの忠告を無視してウェイトレスに次を注文する。

「ハーイ！　お待ちどー！」

ウェイトレスもパルメを上客と知っているので、おかわりはすぐに来た。

「ありがと！　んぐっ！　んぐっ！　ッハー、やっぱりここの蜂蜜酒は最高ね！」

早くも酔いが回り始めたのか、パルメは若干上機嫌になっていた。

「ほら、あんたも飲みなさい！　食べなさい！　ここは私の奢（おご）りよ！」

「飲んでる食べてる」

彼女に肩をバシバシ叩（たた）かれながら、イサナは適当に相槌（あいづち）を打つ。

実際この店の料理は大したものでどれもおいしい。ノワの料理と比べられるものではないが、大衆食堂でしかできない味つけというのもある。

それに彼女たちと揃ってわいわい食事をするのは楽しい。

こういう経験は闇ギルド時代にはなかった。

「ちょっとリリスー、それ私の！」

「早い者勝ちですわ～」

「……」

だからイサナは、パルメが毎回自分を打ち上げに誘ってくれるのが地味に嬉しかった。

「おい、あのテーブル、《三妖精》のお姫さんたちじゃないか？」

「本当だ」

その時ふと、ふたつ隣のテーブルの話し声がイサナの耳に届いた。

「相変わらず豪勢だなぁ。さすが大商会のひとり娘」

「いやぁ、自分で稼いでんだろ。なにしろカナンギルドでも期待の新人だ。査定前だから今はE級だが、もうC級相当のクエストも受けてるみたいだぞ」

「はぁ～マジか」

「『奇跡の聖女』に魔導塔の天才魔導師が揃ってんだ、元々ただの新人パーティとは別格だろ。それに噂じゃあの金髪のリーダーさんは、『閃光姫』の娘らしいぞ」

「『閃光姫』っていや、オリンピア山の神鳥ガルダを討伐したってあの!?　はぁ～その噂がガチならビッグフット討伐もホラじゃねぇのかもな」

「……」

しばし聞き耳を立てていたが、特に害はないようだ。

パルメたちと外で食事をしていると、こうして時折他の冒険者から注目を集めることがある。

特にパルメは実績以外にも、彼女の母親のことで噂されることが多いようだ。高名な冒険者とはゴードンから聞いていたが、界隈(かいわい)でも相当な有名人だったらしい。

「アハハ～なんか暑くなってきたわ～」

その娘は酒場で酔っ払って笑い上戸になっている。

「お姉さーん、次のお酒ーはーやーくー」

「はーい！　ただいまー！」

すっかり上機嫌になった彼女はジョッキでテーブルを叩きながら笑い、暑いと言ってクエストからつけっぱなしだった鎧の胸当てを脱ぐ。

雑に脱いだせいでシャツの胸元が大開きになってしまうが、それもまるで気にせず彼女は新しいジョッキを傾け……、

「ちょっとーさっきからうるさいわよ《三妖精(トライアド)》！」

と、突然横から文句を言われてその手をピタリと止めた。

パルメに文句をつけたのは彼女と同年代の女冒険者だった。その後ろに仲間らしき少年がふたり控えており、三人組のパーティのようだ。

「誰かと思ったら《華騎士団(フラワリングナイト)》じゃない。何か用？」

「だからうるさいって言ってんの」

「はい～？　別にそんなことないでしょ。ていうか、店中騒がしいし」

「あんたの声は特に耳に響くのよ！　もうすぐ五千ポイント超えて昇格だからって、調子に乗ってるんじゃないでしょーね」

「そういうあんたたちは今何ポイント～？　まっ！　どっちみち私たちの方が絶対先に昇格するけど」

「やっぱり調子に乗ってるんじゃない！」

「まぁまぁ、リーダーも落ち着いて」

ぷりぷり怒る少女を僧侶らしき少年が宥(なだ)める。

雰囲気的に彼女が暴走するリーダーで、彼がブレーキ役だろうか？　なんとなく似た立場なので同情してしまう。

「……」

そこでイサナは、もうひとり盗賊(シーフ)らしき少年がこちらを見ているのに気づいた。

「……？」

「……何か用か？」

「お前か？　最近《三妖精(トライアド)》に入ったサポーターっていうのは？」

「だったら何だ？」

イサナが最低限の返事をしていると、突然その少年は血涙を流しながら地団駄を踏んだ。

「羨ましいってんだよこの野郎！　そんな美少女三人に囲まれて冒険とか天国か⁉　しかも全員実力者揃いで、お前は彼女たちに護(まも)られながら安全な後方でぬくぬくしてるだけなんだろ⁉　こっちはキャンキャンうるさい小娘に連れ回されて、毎日死にそうな目に遭ってるんだぞ！」

振り回されてるのはこっちも同じなんだが……あと後方にいるのはその通りだが、どっちかというと護ってるのは俺の方だ。

と――今の悲痛な叫びを聞いていたリーダーの少女が、眉を逆立てて彼を睨(にら)んでいた。

「だーれーがー！　キャンキャンうるさい小娘ですってぇー⁉」

「ヤッベ！」

「あっ！　ま、待ってくださーい」

そうして彼女たちは嵐のように現れ、嵐のように去っていった。

「何だったんだ？」

「ただのアホよ」

「時々パルメさんに絡(から)みにくる方たちですわ。あまり気にしなくていいかと」

特に気にした風もなく、パルメもリリスも肩を竦(すく)めてみせる。

まぁ、彼女たちはギルド内でもめだつ存在なのだし、あのくらいのやっかみは日常茶飯事ということか。

イサナも気にするのをやめ、意識を食事に戻す。

その後あの三人組が店に戻ってくることもなく、平和的に食事も酒も進んだ。やがて森を歩き回ってペコペコだった腹も満たされ、酔いもかなり回ってきた頃。

「マリエェエルゥ〜。あんた、あれ！　あれもうちょっと何とかなんないのぉ〜？」

若干目の据わった顔でパルメがマリエールに絡み始めた。

ちなみに彼女がカラにしたジョッキはすでに十杯を数え、もうベロンベロンに酔っ払っている状態だ。このウザ絡みもその所為(せい)だろう。

「あれってぇ何ですか？」

「そりゃあんたの魔法に決まってるでしょうがぁ！」

バァンッとパルメがジョッキをテーブルに叩きつけ、マリエールが小さくヒッと悲鳴を上げる。

「さすがに今日のは死ぬかと思ったわよぉ！　ホーリィグラスの花も燃やしちゃうし！骨折り損どころかほぼ逝きかけたわよ⁉」

「ごごごめんなさい～」

「まあまあ、私はマリエールさんの魔法好きですわよ。いつも軽く天国が見えますもの」

「ヘンタイは黙ってなさい！」

「ごめんなさいごめんなさい」

酔いに任せてくだを巻くパルメに、マリエールはペコペコと頭を下げる。

相手が気の弱い少女ということもあり、絵面はパルメが部下にセクハラをする上司みたいだが、正直彼女の言いたい気持ちも分かる。

《三妖精》のサポーターになってしばらく経ったが、二回に一回……いや、五回に四回は彼女の魔法で味方に被害が出ていた。

リリスは自分から巻き込まれにいくから別として、パルメも毎回ヒドい目に遭っている。おまけに今回は目的の花まで燃えてしまい、彼女の体のムズムズはまだ取れていない。さすがに文句のひとつも言いたくなるだろう。

「とーにーかーく！　三日後にもう一度彷徨ノ森に行くから、それまでに何とかしてきなさい！　それ以上は私が耐えられないから、いいわね⁉」

「はっはいー！」

△

翌朝。イサナが普段通りの時間に起きてリビングに向かうと、すでにノワが朝食の準備をしていた。

「おはよっイサナ」

「おはよう」

ノワは話しながら炒め物の味見をする。

「次は三日後だっけ？　パルメちゃんって思ってたよりちゃんと休み取るよね。冒険者なんて超ブラックだと思ってたのに」

「彼女の方針みたいだな」

冒険者は危険な仕事だ。だからこそ休みはしっかり取った方がいい。

「ふぅーん。親の教育がよかったのかな、ゴードンさんって凄腕の商人みたいだし」

「かもな」

「まっ、たまに無茶なクエスト引き受けてくるけどね」

「それさえなければいいリーダーなんだが」

「護るのも大変だしね……うん、おいしっ。イサナ、お皿並べるの手伝って」

「分かった」

ノワに言われてイサナも準備を手伝い、さあ朝食を食べ始めようとした時——コンッコンッと玄関の方からノックの音が聞こえた。

「こんな朝早くにお客さんかな？」

「……？」

ふたりは顔を見合わせて小首を傾げる。

お互い来客の予定など心当たりがなかったからだ。

そうこうしている内に再びノックが聞こえてきた……幻聴ではないらしい。

「はーいはーい、ちょっと待ってねー」

食事を中断しながらノワが玄関へ向かう。

イサナも来客が誰か気になり、彼女を追って玄関へ向かった。

「どちら様ですかー？」

「あっイサナさ……えっ？」

ノワが玄関のドアを開けた先にいたのはマリエールだった。

彼女はドアを開けたノワを見て、何か言いかけたまま驚きの表情で固まっている。

「どうした？」

イサナはノワの後ろから助け船を出すつもりで声をかける。

するとフリーズしていたマリエールがハッとして、続けて彼とノワの顔を交互に見比べて、

「あっあれ？　すすすみません、まさか女性の方と暮らしてるとは思わなくて」

と言って急に何度も頭を下げてきた。

「？」

なぜ謝るんだ？

イサナが頭にハテナを浮かべていると、ノワの方が先にあっと声を上げる。

『そういえばマリエールちゃんって僕のこと知らないじゃん』

（……あっ）

言われてみれば確かにそうだ。彼女たちにはノワのことを普通の猫としか紹介していない。それが人の姿をして彼と一緒に暮らしていたらそりゃ驚く。

「あー……えっと、そう妹。そいつは妹だ」

「妹さん、ですか？」

「ああ、だから一緒に住んでても気にしなくていい」

「そーそー」

イサナは咄嗟の嘘で誤魔化し、ノワも合わせてコクコクと頷く。

「そうだ！　朝食もう食べた？」

ノワもマリエールの気を逸らそうと話題を変える。

「え？　いえ、まだですけど……」

「ちょうど今からお兄ちゃんと食べるとこだったんだ。何か用事あるんでしょ？　ついでだし食べてってってよ」

「えっえっ？」

「ほらほら～入って入って～」

そうして半ば無理やりマリエールを家の中に招き入れる。

突然のことに縮こまる彼女を椅子に座らせ、そのまま三人で朝食を囲んだ。

「どうどう？　美味しい？」

「あっはい、とても美味しいです。でもなんだかこのお味知っているような……？」

「ああ、それはほら、お兄ちゃんが仕事に持ってく軽食も僕が作ってるから、それで食べたことあるんじゃない？」

「あっ、あれって妹さんが作ってたんですね。いつも美味しいものをありがとうございます」

「いやいや～そう言われると照れちゃうな～」

最初はまあまあ焦っていたのに、雑談をする内にノワはあっという間に打ち解けていった。

一方のマリエールはまだ若干硬かったが、ノワに話しかけられるのが嫌というわけではないようで相槌を打っている。

「っとぉ、そういえばマリエールちゃんは何しに家に？」

朝食も半分ほど済んだ頃、思い出したようにノワが質問した。

それはイサナも訊きたかったことだ……ふたりの話に割って入るタイミングがなくて、少し困っていた。

「あっ、そうでした！」

マリエールもここへ来た目的を思い出したのか、ハッとした顔をイサナの方へ向ける。

「あの……実は、イサナさんにご相談したいことがあって」

「俺に？」

イサナは自分の顔を指差して訊き返す。

彼女が自分に相談事を持ちかけるのが少々意外だった。この二ヶ月の間彼女とはあまり会話した覚えがなかったからだ。

もしかしたら避けられてるのかもと思っていたが、そうでもなかったのか……？

「その相談っていうのは？」

「はっはい！」

イサナが尋ねると、彼女は緊張した面持ちで話し始める。

「その……嫌だったら断っていただいて構わないんですが……あたし、パルメさんに言われた三日後までに魔力酔いを治したくて……その特訓に付き合っていただけませんか？」

彼女の「相談」を聞いてイサナはなるほどと頷く。

昨日もパルメから魔法のことを言われていたし、彼女もそれを気にしていたようだ。

「別に協力するのは構わないが」

「あ、ありがとうございます！」

「でも何で俺なんかに相談を？」

表向きイサナはただのサポーターだ。

普通に考えて魔法関連の相談をするには不向き。パーティの中で相談を持ちかけるなら、たぶんリリスになるはずだが。

「それはそのぉ……もしあたしが酔っ払った時に、男の人なら止められるかと思って……あとイサナさんはやさしそうですし」

「……」

信用してくれるのは嬉しいが……いつか悪い男に騙されたりしないだろうか彼女？

「それで？　具体的に何をすればいいんだ？」

「えっと、それは……」

そこから少し説明が長くなったので簡潔に纏める。

まずマリエールは魔法陣を描かずに、体内の魔力濃度と循環速度だけを徐々に上げていく。

当然、上げすぎると彼女は酔ってしまうわけだが、その限界ギリギリを見極めることで、彼女が魔力酔いしないラインを明確にする。

限界を覚えたら、今度はそのラインの魔力を回し続けて、体に感覚を慣れさせる。体が慣れたら徐々に循環を速くして、少しずつ限界ラインを上げていく。

「あとはこれを繰り返していけば濃い魔力にも慣れて、いずれ魔力酔いに負けない体になるはずなんです……たぶん」

最後が若干頼りない説明内容だったが、マリエールはこの特訓で魔力酔いを克服するつもりらしい。

「念のため確認しておくが、魔法を撃ったりしないいんだよな？」

彼女の魔法の威力は並外れている。もし至近距離でブッパなされたら大惨事だ。

「もちろんそんなことしないです！　で、でも万が一あたしが魔法を撃とうとした時はこれを飲ませてください」

そう言って彼女はローブの下から小瓶を取り出す。

「アンチマジックのポーションです。本来は魔法を使うモンスターに振りかけて使うんですけど、人間も飲むと魔力が一時的に乱れて霧散するので」

「なるほどな」

彼女がイサナに頼みたいことというのは主にこれのようだ。

確かにこの特訓はひとりでやれない。もし彼女がひとりで魔力酔いになったら、きっと自分からポーションを飲む判断はできないだろう。ヤバい時に薬を飲ませてくれる見守り役が必要なのだ。

とはいえ、こうして安全策も用意している辺り、前々から準備はしていたのだろう。それなら問題ないかと思うのだが、気になるのは一点だけ。

（ところで、このやり方で魔力酔いってのは本当に克服できるのか？）

イサナは隣のノワに念話で問いかける。

『結論から言うと分かんない。僕みたいな精霊には魔力酔いなんて症状出ないし』

（そうか）

『でも普通のお酒もたくさん呑めば酔わなくなるって聞いたことあるし、魔力酔いも何とかなるんじゃない？』

（そうだったかな？）

それはガセだと聞いたことがあるが……まあ、同じ酔っ払いでも酒と魔力では話が異なるのかもしれない。

どちらにせよイサナは魔法の専門家ではないし、魔導塔出身の彼女が言う特訓法なら間違いないはずだ……彼女もたぶんと言っていた気がするが。

とりあえずやってみようということで、残りの朝食を片づけたイサナたちは居間へ移動する。

「で、では行きます！」

イサナと向かい合って座ったマリエールは気合いを入れると、体内の魔力濃度を上げていく。

それにしても相変わらず凄い魔力だ。

闇ギルドにも魔導師は何人かいたが、実戦で鍛え上げた彼らよりも遥かに大きな魔力だ。魔法陣を描くスピードといい、彼女の魔法の才能はやはり頭ひとつ抜けている。

「んぅ……うっ…ふぅ……」

体中を巡り回る魔力に耐える彼女は細かく吐息を漏らす。酔いを堪えようとしているようだが、頬には朱が差し肌はじんわり汗ばみ始めていた。

「んんぅっ！　………ふぅ、ふぅ」

「……」

なんか気まずいんだが。

マリエールは控えめな性格に反してスタイルは全然控えめじゃない。同年代のパルメやリリスと比べると、こちらも頭ひとつふたつ、あるいは三つも四つも飛び抜けていると言っても過言じゃなかった。

それに魔導師のローブの下に着ているインナーも生地が薄く、汗を吸ったせいかやたらとぴっちりして見える。その所為で猫背に隠れてめだたなかった胸の膨らみがこの上なく強調されていた。

これははたしてジッと見ていていいのだろうか？

そこでイサナは、そういえば今は別に仕事中でないことを思い出す。

狙撃の時は彼女たちから目を離すわけにはいかないが、今はそんな制限はない。なのに彼女の痴態を眺め続けていたら、ノワからどんな目で見られてしまうか……。

「っ」

そのことに気づいたイサナはそっと視線をマリエールからはずす。

「あっ！　ん、ふっ……ひぅっ」

すると今度は見えない分、彼女の我慢する吐息に意識が集中してしまう。

「……」

これはこれで変な妄想が膨らみそうだ。

だがさすがに耳まで塞いだら何も分からなくなる。それでは特訓に付き合う意味が……。

そんな風に彼が集中力を欠いた時。

「はぁ……暑いですぅ」

マリエールの呟きとともに、衣擦れの音が聞こえてくる。

「わっ！　わっ！　マリエールちゃん!?」

「!?」

ノワの焦った声に思わず視線を戻すと、なんとマリエールがローブを脱ぎ、インナーの紐を解いて胸元まではだけていた。

「なっ、何してるんだ⁉」

「ん～？　だってぇ～暑いから」

ほんのり頬を赤らめて、マリエールはケラケラ笑う。

これは間違いなく酔い始めているな。

しかし、すぐに大魔法をブッパする時よりは落ち着いている気がする……すでに半裸だが。

いわばほろ酔いのような状態だろうか？

「なあ、ポーション使った方がいいと思うか？」

「ええ？　どうなんだろう？」

イサナはノワに尋ねるが、彼女も判断に迷っている。

魔法を使いそうになったら即使用の判断もつくが、今のところまだ実害は出ていない。

これが魔力酔いに慣れる特訓と考えたら、少し様子を見るべきかもしれない。

「うふふっ、あはぁ」

それにしても酔うと雰囲気が変わるな。

さっき魔力酔いに耐えて辛そうにしている時は、見ている方は妙な背徳感さえ覚えたが、今イサナに微笑を向ける彼女からは色気を感じる。

「……っ」

彼女の視線に耐えられず目線を下げると、今度は露わになった谷間が視界に飛び込んできた。

しかもその谷間には汗が溜まり、小さな池を作っている……いや、だから何だという話なのだがッ……なのだがッ！　なぜたかが汗にここまで動揺してしまうのか。

「イサナく～ん」

「は？　うわっ！」

油断していたのか、イサナは突然飛びついてきたマリエールを躱すことができず、そのまま床に押し倒されてしまう。

「なななっ⁉」

「ふたりとも何してんのぉ⁉」

いきなりのことにイサナは動揺し、同じく驚いたノワは顔を真っ赤にしながら悲鳴を上げる。

そんなふたりの反応も気にせず、マリエールは馬乗りになりながら彼の顔をジッと見つめて。

「やっぱりぃ、イサナ君っててぇ〜、ベルセリア様に似てるぅ」

「べ、ベルセリア？」

「あたしね〜子供の頃から魔導塔暮らしでぇ〜ずぅぅっと勉強勉強だったの」

酔っ払い特有の話題の飛び方で、彼女は急に身の上話を語り始める。

「魔導塔って娯楽なくて〜、だからパルメちゃんに連れ出してもらっててぇ、すごぉく嬉しかったの。それでね、あたしが楽しいこと何にも知らないって言ったらぁ、彼女のお気に入りの本を貸してくれたのぉ」

うふふっと嬉しそうにマリエールは思い出し笑いをする。

「ベルセリア様は黒騎士でねぇ、あたし大好きなのぉ。スッゴくクールでカッコよくて、でも一番好きなのはやさしいところ〜」

おそらくベルセリアというのは、その本に出てくる騎士なのだろう。話が飛び飛びで想像するしかないが、彼女の話し振りからすると相当好きなキャラのようだ。

「えっと……で、俺がその騎士と似てるのは分かったんだが」

「そうなのぉ！」

イサナは何とか冷静に話し合おうとするが、彼女の声に遮られてしまう。

それでも普段の彼女ならもう少し何とかできたはずなのだが、さっきから彼女の大きな胸が当たってそれどころではない。インナー越しに感じる彼女の柔らかさも動揺に拍車をかけていた。

「はじめて会った時から、実はイサナ君のこと気になってて～……いろんなことしたいなぁって毎晩妄想してたの」

マリエールの熱い吐息がイサナの頬を撫でる。

彼女の熱を帯びた視線が彼の体を舐め回し、汗ばむ肌の匂いが鼻腔をくすぐった。今、彼女が何を「妄想」しているのか、彼には判断がつかない。

『イ、イサナ？　僕、奥の部屋に引っ込んでた方がいいかな？』

（待ってくれ！）

要らぬ気遣いを発揮する相棒を必死に引き留める。

しかし、何を勘違いしたのかノワはますます顔を赤らめて。

『えっ、それって僕に見てて欲しいってこと？』

（違う！）

「ねぇ～こっち見てよぉ」

イサナが気を逸らしているのに気がついたのか、若干頬を膨らませたマリエールがグイッと彼に顔を近づける。

それはもうお互いの顔しか見えないほど距離が近く、同時に彼の胸板の上で押し潰された彼女のそれの重量まで分かってしまう。

「っっっ⁉」

スコープ越しに何度も（不可抗力で！）彼女の胸を見てしまったが、直に触れると圧倒的質量に思わず息を呑んだ。ずっしりと重く、だがマシュマロみたいに柔らかい。もはや男に対する凶器とすら思う……イサナは謎の戦慄を覚え、生まれてはじめて冷や汗を掻いた。

「イサナ君ってきもてぃ～の好き～？　あたしは好きぃ～」

マリエールはさらに脚と脚を絡めて彼を逃がさないようにしてくる。

彼女の太ももは胸にも負けず劣らずむっちりとしていて、触れているだけで心地よかった……と思っていたら。

「んんっ⁉」

唐突に、イサナの中で未知の感覚が湧き上がり、血流が加速する。

だが不快感があるわけではなかった……むしろ気持ちよくすらあり、まるで風呂に浸かっている時のような快感が全身を巡っていた。

「魔法は強いのブッパなすのが好きなんだけどぉ、補助系もイケるんだぁ～」

「……！」

攻撃魔法だけでなく補助魔法も使えるとは聞いてなかった。

本当にどこまでも才能に溢(あふ)れた少女だ……仲間と考えれば実に頼もしいはずなのに、なぜ俺はこんなに追い詰められているのだろうか？

密着しながらグイグイと上下運動するので、いつの間にか彼女のインナーはズリ落ちて、もう胸は丸見えの状態だ。腹部に当たる感触的に、おそらくおへその下まで捲(めく)れ上がっているはずだ……幸いというか何というか、彼女の大きな胸に遮られてそこまで視界に入ってこないが、実にヤバい体勢なのには変わりない。

「……っ……っ」

いつも頼りになるノワに至っては、顔を両手で覆って完全に硬直している……ただし、指の隙間から事の成り行きを凝視しているが。

（ノワ！　ノワ！　しっかりしろ！）

『……うぇっ!?　な、何？』

（さっき渡されたポーションがあるだろ。俺の右手に持ってるから、それを彼女に飲ませてくれ！）

『わ、分かった！』

イサナの呼びかけでノワは正気に戻り、彼の手から薬の入った小瓶を受け取ろうと動き出す。

「イサナ君ももぉっときもてぃよくなろ～」

「待て待て待て！」

マリエールがイサナの衣服を脱がせ始めたので、彼は必死に抵抗するが、変なところを触ったり見たりしないようにするので上手くいかない。

いよいよ彼の下着にまで彼女が手をかけようとした時、

「ごめんねマリエールちゃん！」

と、ノワがアンチマジックポーションを彼女の頭にぶっかけた。

飲ませるのは間に合わないと見て、直接かける方法に切り替えたようだ。

「…………」

ポーションを頭からかぶった彼女は、まさに冷や水を浴びせられたように動きを止めていた。

濡れた前髪がはらりと落ち、ふとイサナと目が合うと——彼女は途端に耳まで真っ赤にして飛び退いた。

「ごごごごめんなさいいいぃぃぃぃぃ！　お見苦しいものをぉぉぉ！」

彼女は悲鳴のような謝罪を叫びつつ、自分で脱ぎ散らかしたローブを手に取って縮こまり、さっきまで開けっぴろげにしていた裸身をできるだけ隠す。

その後も取り乱すマリエールにノワが温かい飲み物を飲ませ、ようやく彼女も落ち着きを取り戻した。

「ご迷惑をおかけしました……」

魔力酔いが醒めたマリエールは肩を縮こまらせてできる限り小さくなっていた。

さっきの騒ぎでローブやインナーが濡れてしまったので、今はノワが貸したシャツに着替えている。

胸のサイズが合ってなくてピチピチになっているが……まあ、それは仕方ない。

「……別に謝らなくていい」

イサナは先程の光景を思い出しそうになり、慌てて頭を振る。

「元々、こうなるのを克服するための特訓なんだ。途中で失敗するのも特訓の内だろ」

「……ありがとうございます」

彼の気遣いにマリエールはほっとした微笑を浮かべる。

「……」

特訓のために自分を頼ってくれたのも嬉しかったが、こうして柔らかい表情を見せてくれるとより距離が縮まった気がする。

「さて……落ち着いてきたなら特訓の続きやるか？」

「は、はいっ！　よろしくお願いします！」

お互いの信頼感も高まり、返事をする彼女も最初より緊張が解けてきたようである。

雰囲気もよくなり、この調子ならいずれ本当に魔力酔いも克服できるのでは？

……と思っていたのだが。

「イサナ君って本当にやさしい……ね、あたしさっきよりドキドキしてるの」

「いやいやいや自分から胸を触らせるな!?　下を脱ぐな！」

雰囲気で結果が変わるというような話もなく。

特訓は夜まで続き、さらに次の日もイサナはマリエールに付き合ったが、彼女の魔力酔いはそう簡単に克服できなかった。

（この二日間で一生分の肌色を見た気がする……）

『お疲れ～』

ノワも連日付き合ったことで慣れたのか、初日のように取り乱すこともなく、ふたりの着替えを用意しながら空の小瓶を片づけている。

「うぅぅ、どうしてぇ～」

マリエールもマリエールで度重なる失敗でヘコんでいた。

単純に特訓が上手くいかないのもそうだが、何度も彼の前で裸を晒した所為で乙女心もボロボロだ。

しかし、やはり体質はそう簡単に変わらないのだろうか？

「マリエール、ちょっといいか？」

「はい？」

イサナは彼女の前に屈み込み、目線を合わせる。

「ひとつ聞き忘れていたんだが、急に魔力酔いを治したいと思った理由は何なんだ？」

「理由ですか……？　それは、この前パルメさんに言われたから……」

マリエールは小さな声で答えたあと……さらに言葉を続ける。

「それにあたし、パルメさんのお陰で魔導塔から出られたから……迷惑をかけたくないし、本当は恩返しがしたいんです」

「……なるほど」

彼女の気持ちを聞き、イサナはひとつ頷く。

魔力酔いを治したいというのは、もちろん彼女自身が治したいというのもあるだろう。

だがその動機の内のひとつがパルメや仲間たちのためというのであれば……。

「正直この感じだと、明日のクエストまでに体質を治すのは厳しいと思う」

「はい……」

「そこでひとつ提案があるんだが……」

「……？」

それからイサナは彼女にその「提案」について話した。

それを聞いた彼女は目を丸くして驚き……しばらく迷ったあとで、深く頷いた。

「分かりました。お、お願いします……！」

「了解だ。それじゃあ――服を脱いでくれ」

△

そして翌日。集まった《三妖精（トライアド）》はホーリィグラスの素材集めのため、再び彷徨（さまよい）ノ森へと赴いた。

前回は森の東側から入ったが、その辺のホーリィグラスの花はマリエールが全て灰にしてしまった。なので今回は森の南側から、別の群生地を目指すことにする。

「南側の群生地は森の奥にあるから、途中ではぐれないようにね。迷ったら出てこれないわよ。特にあんたは猫のことしっかり見ておきなさい」

「了解だ」

「にゃあーん」

パルメの忠告にノワも鳴き声で答える。

それに彼女は軽く微笑(ほほえ)んで頷き、次にマリエールに視線を移した。

「マリエール、ここにアンカーお願い」

「は、はい！」

マリエールは頷くと、今いる森の外の地点にマジックアンカーを打ち込んだ。

マジックアンカーとは簡易魔法(フリースペル)のひとつで、魔力の目印を作る魔法だ。もし森の中で迷った時は、このアンカーを目印に戻ってこられる。

ちなみに簡易魔法(フリースペル)は魔法陣を描く必要のない簡単な魔法なので、彼女が魔力酔いする心配もない。

「よし、それじゃあ皆行くわよ！」

彼女がアンカーを打ち込んだのを確認し、パルメは新しい地図を開いてパーティの先陣を切った。

「……」

ふたりとも普段と変わらぬ態度だ。

パルメも酒場で「魔法をどうにかしてきなさい」と言ったわりに、特にマリエールに何も尋ねない。

もしかして本気で言っていたわけじゃないのか?

実際酒の勢いだったし、実は言いすぎたと後悔しているのかもしれない。

だがそうなると、昨日マリエールと協力して用意した品は無駄だったか……?

まあ必要なくなったならそれはそれでいいかとイサナは思いながら、彼女たちと森の奥地へと進んでいった。

彷徨ノ森と呼ばれるだけあって、油断するとすぐ方向が分からなくなる。

しかし、決して冒険者による探索が進んでいないわけではない。パルメが用意してきたのはその最新の探索が反映された地図で、分かれ道のルートや複数の目印が詳細に描かれていた。

そのお陰で一行は迷うことなく、ホーリィグラスの花の群生地の近くまで辿(たど)り着いた
……のだが。

「ウッソでしょ……」

「あれはトロールエイプの群れですわね」

「ウギョッツウギョッ」

「ウゥキィッ！」

ホーリィグラスの花畑の周りに大型猿のモンスターの群れが居座っていた。

しかも発情期なのか、かなり興奮している。

「発情期の猿はかなり凶暴という噂を聞きますわね。なんなら人間のメスにも見境なく襲いかかるとかなんとか」

「鳥肌立つから変なこと言うのやめて！」

「そうですか？　私は思わず期待してしまいますけど、うふふ」

「このヘンタイ！」

こんな時でも趣味丸出しのリリスにパルメは噛みつき、イライラした様子で指の爪を噛む。

「どうする？　一週間も待てば猿もいなくなると思うが」

「無理よ！　もうずぅーーーっと気持ち悪いのが取れないままなんだから！　来週まで待ってたら私の頭がおかしくなっちゃうわ！」

パルメは猿たちに聞こえないように小声で怒鳴る。

イサナは例のゾンビ汁を浴びたわけではないので、具体的にどんな感じなのかは知りようがない。だが彼女の態度からして、案外本当に限界が近いのかもしれない。

しかし、あの大量のトロールエイプの目を盗んで、ホーリィグラスの花を採るのは難しい。イサナなら可能かもしれないが、彼女たちの前で実力を晒すわけにもいかない。

そうして一行が立ち往生していると——その時、

「あっあの！」

マリエールが勇気を振り絞るように口を開いた。

「あたしに考えがあるんですけど……き、聞いてもらえませんか？」

「……どんな？」

「はいっ！　あの——」

マリエールは自分の杖をギュッと胸に抱きながら、彼女の考えた作戦を仲間たちに伝えた。

「それイケそうじゃない。でも、本当に大丈夫？」

「だだっ大丈夫です！　イサナさんに作るのを手伝ってもらいましたから……たぶん」

「ちょっと！　自信なくさないでよ！」

自信なさげにぷるぷる震える彼女の肩を揺すりながら、パルメはイサナに視線を向ける。

「で？　あんたが手伝ったっていうその薬はどこにあるの？」

「ちゃんと持ってきてる。少し待て」

イサナは頷き、背嚢の中から二本の小瓶を取り出してパルメとリリスに渡した。

「これが魔防薬だ。アンチマジックポーションの亜種だが、効果は特定個人の魔法に対する絶対耐性を得られる。もちろんこれはマリエールの魔法が効かなくなる奴だ」

「本当に効果あるの？　魔防薬なんてアイテム聞いたこともないんだけど」

「いちおうイサナさんに実験体になってもらって試しました。効果はバッグンです！」

そう言われてもパルメはまだ半信半疑のようだったが、肩を竦めると一気に小瓶の中身を呷った。

「変な味。まっ、これで髪が燃えないなら安いもんよね」

「私はできればマリエールさんの魔法は直に味わいたいのですが……」

「あーんーたーもー飲ーむーのー！　じゃなきゃ意味ないでしょうが！」

嫌がるリリスにパルメは無理やり薬を飲ませ、こうして準備は整った。

「それじゃマリエール、頼んだわよ」

「はははは い！」

何度も頷くマリエールに見送られ、パルメとリリスは木陰から飛び出した。

「ウギッギィ⁉」

彼女たちの接近にトロールエイプたちが気づく。

急に現れたふたりに最初は驚きと警戒を見せた猿たちだが、興奮状態にある奴らは警戒心より衝動がすぐに勝ち、彼女たちめがけて襲いかかってきた。

「ヒッ！　ちょっやめなさいこのエロ猿！　スカート引っ張るなぁ！」

またたく間にトロールエイプに捕まり、パルメが悲鳴を上げる。

猿たちは彼女の服を引っ張ってビリビリ破き、胸当ての鎧（よろい）を引っ剝（ぺ）がしていく。

「ヒンッ！　このっ……乱暴にしないで！」

発情した猿の群れに追い回されながら、彼女は顔を真っ赤にして必死に逃げる。

『どうするイサナ、撃つ？』

（まだ様子を見よう）

いつもの光景に動揺することなく、こっそりマリエールから距離を取っていたイサナは待機を選択。

それから彼は今回の作戦の要である魔導師へと目を向けた。

「ふぅ――――」

彼女は大きく息を吸い、俯（うつむ）き加減に精神を集中させていた。

この作戦は瞬時の判断が勝負だ。彼女は緊張で失敗しまいと、自分を必死に落ち着かせようとしていた。

「きゃあぁー！　下着返せバカヘンタイ！」

「お猿さんにしては私を楽しませてくれますわねっ！」

一方、パルメとリリスは相変わらずピンチだった。

すでに装備のほとんどが剝ぎ取られ、大事なところを隠すのは自分の腕だけだ。あちこちひっかき傷や擦り傷もできている。

「ウウキッギィー！」

「ギギギッギギャッギャッ！」

「ウウグギギギィ！」

ただ幸いと言っていいかは分からないが、奴らは知能が高めのモンスターである所為か、彼女たちを追いかけ回して弄ぶことにご執心のようだ。

だがそれはある意味で敵の油断であり、彼女たちにとってのチャンスとも言える。

「ちょっとリリス！　たまにはあんたが何とかしなさいよ！」

「ええぇ、私はもっと楽しみたいのですが」

「こんのッ……！　だったらせめて囮になりなさい！」

「あはンッ！」

ついにキレたパルメがリリスの尻を蹴り飛ばし、猿たちの群れの中へ放り込む。

当然、彼女は奴らに捕まり、その細い手足を摑まれて乱暴に組み伏せられてしまう。獣のざらざらとした舌が白い肌を舐め回し、赤い歯型がつけられる……が。

「んんぅ……！　いいですわよ、もっと乱暴にしてくださいな……！」

彼女は嬉しそうに頬を紅潮させ、猿たちにもっともっととせがむ……うん、問題ないな。

「っ！」

トロールエイプたちが彼女に気を取られている隙に、パルメは目的の花畑に辿り着く。

そして、彼女は花の上に全身で覆い被さって叫んだ。

「マリエール！　いいわよ！」

「――――！」

瞬間、弾けるように顔を上げ、マリエールが魔法陣を描き出す。

その規模はイサナがこれまで見た中でも特大の、それも複雑な魔法陣だった。さらにその描画速度も目を瞠るものがあり、パルメが叫んでから二十秒足らずで陣が完成する。

「……ヒゥック！　えへへ、パルメちゃん行くよ～！」

いつもの酔いどれ顔になりながら、マリエールは杖を高々と掲げる。

「火炎竜爆燼破(サイクロンエクスプロード)‼」

そして、杖の先から凄まじい火炎の爆風が発生して火災風となり、天を覆った火炎の嵐

がトロールエイプたちの頭上に降り注いだ。

（ッ⁉）

『ヤバヤバッ！　退避退避ぃー！』

その威力は今まで見た中でも特大で、距離を取っていたイサナたちの元にも熱風と爆風が届き、一時的に退避せざるを得なかった。

「……」

数分後、爆発と粉塵がやんだのを見計らって、イサナは花畑のあった場所へ戻ってみた。

そこには黒焦げになった円形の大地と、無傷で丸裸の少女たちの姿があった。

「おーい、着替え持ってきたぞー」

「あっ！　ちょっとあんた！」

イサナが手を振ると、それに気づいたパルメが怒りの声を上げながらダッシュでやってくる。

彼女は彼の手から着替えをひったくって大事な部分を隠すと、そのまま彼を睨みつけた。

「あの薬全然効かなかったわよ⁉　どうなってるのよ⁉」

「髪は燃えなかっただろ？」

「服が燃えちゃ意味ないじゃない！」

いや、それ以前に猿に破り取られてただろ……とは、言わないことにした。

「そう言われてもな……魔防薬は人体にしか効果がないし」

そもそも魔防薬とは裏社会で密かに用いられる秘薬だ。そのため実用性ばかりが重視され、たかが布きれの保護までは考えられていない。

「それで？　肝心の花は手に入ったのか？」

「……ん！」

パルメはまだ文句の言い足りなさそうな顔をしながら、後ろの地面を指差す。そこの地面だけ黒焦げになっておらず、ホーリィグラスの花が無事な状態で残っていた。

「私も一本だけですが確保しましたわ」

と、着替えを受け取りにきたリリスがその手に持った花を見せてきた。

「何で一本だけ？」

「魔法に驚いたお猿さんに放り捨てられた時に、偶然私のお尻の下敷きになった花が無事だったんです」

「なるほど」

まあ、つまりマリエールの作戦とはそういうことだ。

魔防薬を飲ませたふたりをシェルター代わりに、花に覆い被さって彼女の魔法から護る

──改めて考えるとなかなかゴリ押しな作戦だが上手くいったようで何よりだ。

「あの、イサナさん」

その時、マリエールがこちらにやってきて彼に頭を下げた。

「ありがとうございました。上手くいったのは魔防薬のお陰です」

「ん。まあ、当面はこれで凌いで、体質改善の特訓は続ける感じだな」

「……はいっ！」

彼女は笑顔で頷き、嬉しそうに返事をする。

「イサナさんに相談してよかったです。本当に、何てお礼を言ったらいいか」

「魔防薬を作れたのはマリエールの協力があってこそだ。そんなにお礼ばかり言わなくてもいい」

何度も頭を下げる彼女にイサナは顔を上げるように言う。

これにて一件落着──というところで、リリスがふと質問を投げかけてきた。

「ところで、その薬はどうやって作ったんです？」

「えっ⁉」

「……」

薬の製法を尋ねられ、マリエールは急に慌て始め、イサナも目を逸らして誤魔化す。

とてもじゃないが本当のことは言えない……魔防薬の材料は対象となる魔導師本人の汗や涙――つまり彼女の体液だったなんてことは、とてもとても。

間章　浴場女子トーク

彷徨ノ森からカナンに戻ったパルメは、仲間を誘って街の公共浴場へ来ていた。

「ホーリィグラスを手に入れたのに、お風呂にも入るんですの？」

「いいじゃない。お風呂は別腹よ」

疑問符を浮かべるリリスに、パルメは下着を脱ぎながら答える。

その声はウキウキと弾んでいた。実は彼女は大のお風呂好きだ。実家にいる頃は毎日のように入っていた。冒険者になってからはそうもいかないが、それでもオフの日は必ずバスタイムを設けている。

それがここ数日はゾンビ汁の所為で、せっかくのお風呂が純粋に楽しめなかった。

そのムズムズからようやく解放されたのだから、どうせなら今日は広いお風呂に入りたかったのだ。

「マリエール、まだ～？」

「あっ、待ってください～」

準備に手間取っていたマリエールを待って、パルメたちは浴場に入る。

早い時間だったためか、浴場はわりと空いていた。手足が思いっきり伸ばせると思い、パルメのテンションがワンランク上がる。

三人は軽く体を洗ってから一番大きな湯船へ移動した。

「はあぁ～気持ちいぃ～」

だらしなく頬を緩めながらパルメは大きなため息を吐く。

じんわりと体に染み渡るお湯のぬくもりの気持ちよさ。それを思う存分味わう久々の解放感に脳がとろけそうになる。

「確かに気持ちいいですわね～」

「はふぅ～」

リリスとマリエールも彼女と似たような表情を浮かべ、広々とした湯船に浸かっている。

「……」

それにしても……相変わらずふたりともいい体してるわね。

こうした裸の付き合いは回数こそ少ないものの、毎度同じことをつい思ってしまう。

特に普段はおとなしいのにここぞとばかりに主張するマリエールの胸……最初、湯船にプカプカ浮かぶそれを見た時の衝撃は今でも忘れられない。

隣のリリスもスタイルこそパルメと同じくらいだが、陶磁器のような白い肌は見ていて羨ましい。今はお風呂でほんのりピンクに色づいて、本人の容姿もあって艶(なま)めかしさすら感じる。

パルメも決してふたりに見劣りするわけではないが、隣の芝は青いというか、ないものねだりをしてしまうのは人の常だ。せめて胸のサイズがマリエールの半分もあれば……。

「さっきからどこを見てますの？」

「べ、別に！」

「そうですか。ところでサウナ行きません？」

「行かない。あんたとサウナ入ると一生我慢大会が始まるんだもの」

プイッとそっぽを向き、パルメは湯船に顔を半分沈める。

「あら残念……ところでマリエールさん」

「はい？」

「今日はイサナさんと随分仲よくしていましたけど、いつの間に仲よくなったんです？」

「ふえっ⁉」

リリスに突然話の矛先を振られ、お風呂でふやけていたマリエールが一気に目を覚ました。

「べ別に、そんなことないですよ？」

「でも特別なお薬を一緒に作ったり、ふたりきりで特訓されたりしてるそうじゃないですか」

「それは、えっと……」

「もしかして、エッチなことしてます？」

「ブッ⁉」

「えぇぇ⁉」

いきなり話をかっ飛ばすリリスの発言に、横で聞いていたパルメも思わず噴き出す。

「何言ってんのよリリス⁉　あんたじゃないんだから、マリエールがそんなことするわけないじゃない！」

パルメは思いっきり叫びながら立ち上がる。

彼女としてはマリエールを庇ったつもりだ。こんなウブな乙女になんて言いがかりをつけるんだという意味で……だがしかし。

「いや、その、別に、決してやましい気持ちがあったわけじゃ……」

え？　何その反応？

妙な口ごもり方をするマリエールに、パルメはついまじまじとその顔を見る。やけに顔が赤く見えるのはお風呂に入っている所為だろうか？

「あらあら、そんな恥ずかしがらなくてもいいじゃありませんか。イサナさんは素敵な方ですもの、マリエールさんが惹かれてしまうのも仕方ありませんわ」

「そ、そういうリリスさんはどうなんですか？」

「私ですか？」

「リリスさんだって休憩の時とか、イサナさんに妙にくっついてるじゃないですか……」

せめてもの反撃か、マリエールは遠慮がちに問い返す。

しかし、リリスが相手では、その程度の反撃はマンチカンの猫パンチほどのダメージもあるはずがなく。

「ええ、私もイサナさんのことは特別に想っていますよ」

と、彼女が微笑みながら平然と答えるものだから、それを聞いたパルメもマリエールも驚愕で目を白黒させる。

「あっあああのそれってどういう……」

「ちょっとあんたも何言い出すわけ!?」

「何って、私もお年頃ですもの。ご主……イサナさんのように刺激的な方が身近に現れたら、心惹かれてしまうのも仕方のないことですわ」

「なななな～」

あまりにストレートな物言いに、パルメは口をパクパクとさせ、マリエールは混乱で目を回している。

「ちなみにパルメさんはどうなんですの？　イサナさんのこと」

「は、はぁ⁉」

ついでとばかりに質問され、パルメは素っ頓狂な声を上げる。

別に彼女自身、イサナとの間に何か特別なことがあったわけではない。だが変な話の振られ方をした所為か、急に彼の顔が頭に浮かんで離れなくなってしまう。

しかも厄介なことにあの男、洒落っ気はないくせに顔のパーツはわりと整っているのだ。あれでまあまあ気が利くし、料理はできるし、サポーターの大変な仕事にも文句を言わない。正直アリかナシかで言えばア……。

「ッッッて！　何でそんなこと答えなくちゃいけないのよ！」

パルメは絶叫して自分の顔を湯面に叩きつける。そのまま体を丸めてお風呂の中に沈み、ブクブクと泡を立てるのだった。

△

その頃、イサナの家の風呂では。

「へっくしゅ！」

「どうしたのイサナ？　風邪？」

「いや……誰か噂(うわさ)してるのかもな」

「ふーん。まあいいや、それよりそろそろ上がらない？」

「百数えてからだ」

「ふえーん、お風呂苦手なのにぃ～」

第四章　忍び寄る影

今日は消耗品を買い足そうと、イサナとノワは市場を歩いていた。

「まだ買うのか？」

「もっちろん！」

両手に荷物を抱えるイサナに、同じくパンパンに膨らんだリュックを抱えるノワが笑顔で答える。

「大体イサナに任せておいたら、あの家ずっと殺風景なままじゃない」

「そうか？　そんなことは……」

「そもそも休みの日も家から出なさすぎなんだよー。日がな一日リビングでボーッとしてるじゃない。たまに出かけても手ぶらで帰ってくるしさー」

ノワは主(あるじ)に向かって苦言を呈する。

「せっかく自由になったんだしさ、もっと人生楽しもうよ」

「……ふむ」

あまり考えたこともなかったが、相棒からはそう見えていたのか。

実際のところ、《夜会(ノワール)》から解き放たれて自由になった時、しばらくの間どうしたらいいか分からなかった。

その期間が思いのほか短かった所為で、そうした自身の問題について考える暇がなかったのも、今まで気づかずにいた原因かもしれない。ノワに言われるまで、人生を楽しむなんて考えもしなかった。

だが人生を楽しむと言われても具体的に何をすればいいんだ？

うーん……と首を捻(ひね)るイサナ。

そんな彼を見て、相棒は苦笑する。

「まあまあ、のんびり行こうよ。時間はあるんだしさ、適当に興味を引かれたことやっていけばいいじゃない」

「そうかもな……ちなみに、ノワはもう何か見つけてるのか？」

「今は料理だねー。あとはテーブルに飾る小物とか集めてるかな。家の内装とか、もっと住んでて楽しい家にしたいじゃない？　あとあの家の庭荒れ放題だから、時間ができたらそこも手入れしたいなー」

「……」

止め処なく「やりたいこと」が出てくるノワの横顔は、イサナから見ても羨ましいくらい楽しそうだった。

それを見ていると、さっきまで何も考えていなかった癖に、自分も何か探したいという気持ちが湧いてくる――と。

「はい。これでもう大丈夫ですよ」

「ありがとう聖女様！」

市場の通りでばったりとリリスに出くわした。

どうやら転んでケガをしたらしい子供を治癒していたようだ。

彼女は文字通り聖女のような微笑で走り去る子供に手を振ると、ふとイサナたちに気づいてこちらを振り向いた。

「あら、イサナさん偶然ですね。そちらの方は？」

リリスは軽い挨拶を済ますと、彼と一緒にいるノワにちらりと視線を向ける。

「妹だ」

「どーもー、お兄ちゃんがお世話になってます」

イサナはさらりと紹介し、ノワも淀みなく挨拶をする。一度マリエールに見られてしまったので、もう「妹」で通していこうと事前に決めていたのだ。

「いえいえこちらこそ」

特に疑う様子もなくリリスもぺこりと頭を下げる。

それから彼女は再びイサナに視線を向けて、

「でもちょうどよかったですわ。実はイサナさんにお話ししたいことがあったんです。この近くに住んでますので、私の家に来ませんか？」

「今からか？」

「ええ、よろしければ妹さんもご一緒にどうぞ」

急なお誘いにイサナとノワは一瞬アイコンタクトを交わす。

「んー、せっかくだけど僕は遠慮しとくよ」

「あら残念」

「仕事か何かの話でしょ？　僕はもうちょっと市場をブラブラしてるから、終わったら戻ってきてね」

と、ノワは笑顔で手を振って人混みの中に紛れていく。

「かわいい妹さんですわね」

「まあな」

「それでは参りましょうか、こちらです」

リリスは地面に置いていた紙袋を抱えると、イサナを先導して歩き始める。

「あっ聖女様ー！　こんにちは！」

「はい、こんにちは」

時折道ですれ違う子供と挨拶しながら、市場から五分ほどで彼女の住んでいるという一軒家に到着する。

「借家か？」

「いえ、持ち家ですよ。長生きなので貯蓄は多いんです。知り合いには親戚の遺産と説明していますけど」

どっちにしろ羨ましい話だと思いつつ、イサナは彼女に続いて玄関を潜る。

外から見るより家の中は広く、観葉植物などのインテリアも飾ってあった。

「花とか好きなのか？　意外だな」

「故郷の花なんです」

「故郷？　どこだ？」

「さあ？　今はもう地名も残ってませんし……あの頃は地図も読めませんでしたから」

「……」

「けど幼い頃に見た花は覚えているんですよ。不思議ですね」

そう言って笑いながら、彼女は紙袋から日用品を取り出して棚にしまっていく。

吸血鬼の言う幼い頃がいつなのか分からないが……それはそれは遠い日の話なのだろう。

「……それで、話っていうのは何だ？」

「あら……？　うふふ、そんなの決まっているじゃありませんか」

リリスは棚の戸をパタンと閉めると、跳ねるような足取りで彼の目の前まで迫りくる。

「それともぉ～……まさか私との約束、忘れてしまったわけじゃありませんわよね？」

「……はぁ」

一瞬とぼけてみたが誤魔化すのは無理そうだ。

「ご主人様になってくれって話だったな、そういえば」

「ええ、ずっと楽しみにしていましたのよ」

そう言って彼女は軽やかに微笑(ほほえ)む。

一見すれば無邪気にも見える微笑の端に、妖しい艶っぽさがあり、相変わらず外見に中身がそぐわない。

「まあ約束したにはしたが、ぶっちゃけ何をすればお前が喜ぶのか、俺にはよく分からないぞ？」

イサナは正直にそう伝えるが、リリスは落胆するどころかどこか楽しげに頬に指を当てる。

「うふふ、そうですわね。もちろんそれは承知していますわ」

「……」

「ですが、どうかご安心を。こう見えて気は長い方ですの。ご主人様を一から育てるというのも一興ですわ」

言い方は優しげだが、何か途轍もなく嫌な予感しかしない。

リリスはいったん彼から離れると、奥の部屋へ続くドアを開けて中から手招きしてくる。

「さあ、まずは初級編ですわ。こちらへいらしてくださいませ」

「……」

帰りてぇ……。

心の底からそう思ったが、この仕事を続ける以上いつまでも逃げられるものではない。

仕方ないと諦めて、イサナは彼女のいる部屋のドアを潜った。

△

「イサナ、大丈夫かなぁ？」

その頃、ノワは猫の姿になって、リリス家の屋根の上で相棒の安否を心配していた。

彼女は市場でふたりと別れたあと、猫に戻ってこっそり彼らのあとを尾けていたのだ。

仮にもリリスは仲間であるし、貴重な回復職でもある。パルメを護る都合上、できれば仲よくしておきたい……が、不安は不安。ゆえに万が一に備え、いつでも助けに入れるように外で待機しているのだ。

もしイサナの性癖までねじ曲がるような行為を強要してくるなら、その時は僕がなんとしても阻止しなきゃ……！

（ノワ。北側の奥の部屋だ）

『了解』

イサナから移動の連絡を受け、ノワも建物の北側へ移動する。

屋根から壁を見下ろすが、どうも奥の部屋に窓はないようだ。

「どうしよう？　中が見えなきゃ監視の意味がないよ……」

ノワが何かないかと周囲を見回すと、屋根に妙なでっぱりを発見する。

何だろうと思って近づくと、それは小さな天窓の庇だった。

「ここから見えるかな？」

ノワが天窓から室内を見下ろすと、イサナの後頭部が目に映る。

だが天窓が小さく、それ以上はよく見えなかった。これではふたりが具体的に何をしているのかが見えない……。

「仕方ないなぁ」

勘づかれる可能性があるのであまり使いたくなかったが、ノワは耳をピンと立てて魔法で聴力を強化する。

すると。

「んっ……もっと強くお願いしますわ」

「こうか？」

「あぅんっ！　そうですわ……もっと激しく抱いてください」

「……!?」

強化した聴力に飛び込んできた艶やかな声に、ノワは驚きのあまり屋根からずり落ちそうになる。

『ちょちょちょ!?　一体何してるのさ!?』

（何って……リリスを抱いているだけだが）

『抱くって何!?　えっ、待ってよちょっと……』

平然と答える相棒に、ノワはますます混乱する。

ヒトの言葉には隠語というものがある。そして、確か「抱く」というのが交尾の隠語だと彼女は知っていた。

とはいえ、いくら何でもこれは急展開すぎる。

だってイサナから移動の連絡を受けて、まだほんの数分しか経っていない。天窓を見つけるのに少し時間がかかったとはいえ、そのわずかな間にそんなことに及んでいるなんて信じられ……いや、信じたくなかった。

「～～～」

なんだか嫌だ。胸の辺りがモヤモヤする。

せめてもっと中の様子を探ろうと、ノワは耳を窓にピタリと当てるのだった。

△

天窓がひとつしかない薄暗い部屋に連れ込まれたイサナは、リリスに言われるがままに彼女を抱いていた。

「あぁ……ご主人様ぁ……もっと、もっと強く抱いてくださいませ」

「……こうか」

「ええ！　ええ！　いいですわ！」

望み通り力を込めると、リリスの華奢な背中が折れてしまいそうになる。本当に折れてしまわないか怖くなったが、彼女はさらに激しく彼を求めた。

「本当に逞しい……私、男性の腕に抱かれるのははじめてなんですの」

「それは……意外だな」

「どういう意味ですの？　私ってそんなふしだらに見えましまして？」

それは冗談で言ってるのだろうか？

そう思っているのが顔に出ていたのだろうか……しかし、彼女は唇をひと舐めし、彼の耳元にフッと吐息をかけて囁く。

「お好みでしたら『この雌豚！』と罵ってくださっても構いませんのよ？　モンスターに言葉責めはできませんから、これも新たな開拓ですわ」

「……いきなりそれは難しいな」

「ならもっと壊れるくらい力を込めて……私を壊して、ご主人様」

痛めつけられ、弱々しくか細い声で鳴く彼女の声音は、しかしなぜだか聞く者の心をくすぐる。これが吸血鬼の持つ天然の色香なのだろうか？

だが弱味を握られている以上、イサナはただ従うしかない。

「アァ……！」

壊れそうなほど体を軋ませながら、彼女はより甲高い声で喘ぐ。

彼の腕の中で彼女は腰をくねらせ、手足を使ってギュッと彼にしがみついてきた。服を着たまま密着しているが、お互いの汗が染みてぺたりと張りつき、体温が滲むように伝わる。その熱で蕩けそうになりながら、彼女はピンク色に染まった肌をさらに紅潮させて……。

「……んにゃあああ⁉」

その時、唐突に天井から猫が降ってきた。

驚いて見てみれば、それはノワだった。

天井からキィキィと天窓の木枠が軋む音がする。どうやら彼女はあそこから落ちてきたようだ。

「あらあら、見覚えのある猫ちゃんですわね。もしかしてイサナさんの？」

落下してきたノワにリリスも気づき、イサナの腕の中からひょこっと顔を出す。その表情はケロッとしていて、先程までの乱れた様子は微塵もなかった。

（で、何してるんだノワ？）

『何って、そっちこそ何してるんだよ⁉』

ノワが起き上がってこちらを睨みつけてくる。

唸っている彼女を見て、リリスはクスクスと笑う。

「なんだか怒ってますわね。ご主人様を盗られたと思って嫉妬してるのかしら？」

「んにゃぁ⁉」

それを聞いてノワが変な鳴き声を上げる。

するとまたリリスは笑い、イサナの腕の中から離れて立ち上がった。

「うふふ、今日は初級編ですし、これで終わりにしておきましょうか。男性の力強い腕で抱き締められるのは、背骨が軋むほど痛くて本当に気持ちよかったですわ」

「満足してくれて何よりだよ」

「次は息ができなくなるまで強く激しく抱いてくださいね」

「……善処する」

イサナがリリスの求めに控えめな返事をしていると、

『ってぇ！　本当に抱っこしてただけぇ⁉』

と、ノワが意味不明なことを叫んで、ひとりで勝手にひっくり返っていた。


「それではまたいらしてくださいね」

イサナとノワはリリスに見送られ、彼女の家をあとにした。

「なあ、ノワ」

「……」

「おーい、何怒ってるンだ？」

「フーンだ」

なぜだか相棒がさっきから機嫌が悪い……しかし、原因がよく分からない。念のため外から監視してもらっていたが、幸い何事もなく済んだはずなのだが。

「……」

まあ何事もなく済んだとは言うが、今日のはあくまで初級編だった。

次は一体何をさせられるのか……想像しただけでイサナは軽く身震いしてしまう。

そんな風にお互いあまり会話なく歩いていると、いつの間にか市場に戻ってきてしまっていた。

「あー……そういえばまだ買い物あるんじゃなかったか？」

「ツーン」

「なあ、機嫌直せって。何か買いたいものがあるなら、俺も金出すからさ」

「……！」

イサナがひたすら下手（したて）に出ると、ノワがようやくこちらを振り向いてくれた。

「本当？　いいの？」

「ああ」

「わーい！　実は気になる家具があったんだよねぇ。でも僕の分のお小遣いじゃ足りなくてさー。イサナが出してくれるなら手が届くよー。あっ、もちろんペアの奴だからね」

どうやら少しは機嫌を直してくれたようだ。彼女が笑ってくれるならお金などいくら出してもいいと思った。

「それで？　その家具を売ってるのはどこなんだ？」

「あっちあっち、早く行こう！」

ノワは服の袖を引っ張り、イサナを案内しようとする。

――と、その時、コンッと何か硬質な物体が彼の後頭部に当たった。

「？」

何だと思って振り返ると……何だ、これは？

彼の視線の高さに、何やら白くて丸い物体がふよふよと浮いていた。

「あっイサナ！　それって」

「ノワ、何だこれ？」

イサナが立ち止まったのに気づいたノワが、その白い球を見て少し驚いた顔をする。

「うん、ちょっとこっち来て」

「？」

ノワはイサナを連れて人気のない路地裏に移動する。

件の白い球は彼が動くとふよふよとついてきた。

「それで、何なんだこれは？　魔法がかかってる感じがするが」

「うん。ちょっと珍しいタイプの通信魔法だね。特定の人と連絡を取るために使う奴なんだけど、これは音とか映像じゃなくて文章を送る奴かな」

「要するに手紙ってことか？」

なら郵便でいい気がするが……。

「これはイサナ宛だから、ここを押すと文章が開くよ」

「ここか？」

ノワに教えられ、イサナは白い球の小さなポッチを指で押す。

カチッと音がして、白い球がほどけて、丸めたハンカチを広げるように空中に白い文章が浮かび上がった。

「ゴードンからだ……！」

雇い主の署名を見て、イサナは俄に緊張感を高める。

何か追加の依頼があるなら人を寄越すか、さっき言った通り手紙でいいはずだ——それをこんな珍しい魔法まで引っ張り出してくるということは、それだけ緊急性の高い連絡ということだ。

「何て書いてあるの？」

「今読むッ！」

急いで白い文字を目で追うと、そこには聞き覚えのある名が記してあった。

「《魔鳥(ガイエ)》だと……？」

「それって《夜会(ノワール)》と敵対してた闇ギルドの？」

「ああ」

《魔鳥(ガイエ)》といえば裏社会でも名の知れた闇ギルドだ。

表の権力者にすり寄り、口にするのもはばかられるような汚い仕事を進んで請け負う。闇ギルドなんてのは皆そんなものだが、《魔鳥(ガイエ)》は特に節操がない。利益追求のためなら何でもする連中の集まりだ。

そんな奴らの名がなぜ……⁉

「ノワ！　パルメを探すぞ！」

「えっえっ⁉」

「急げ！」

「ま、待ってよ！」

いきなり走り出したイサナに、ノワは慌てて猫の姿に戻って彼の肩に飛び乗る。

『どうしたの？　何が書いてあったのさ？』

（《魔鳥》の連中がパルメを誘拐しようとしてる……！）

『ええ⁉』

驚愕のあまりノワが肩からずり落ちそうになるが、彼女は爪を立ててなんとか体勢を保った。

『もしかして、またリッチホワイト商会絡み？』

（そうだ。《夜会》が消えて裏社会を牛耳った《魔鳥》が、昔失った信用を取り戻そうとリッチホワイト商会の敵対企業をけしかけたらしい）

ゴードンにとってパルメは今も変わらず急所に違いない。

かつて邪魔をした《夜会》と『黒猫』が消えたと思って、今度こそ彼女を人質に脅迫しようとしているのだ。

（そうはさせるか……ッ）

『うん！』

ノワも力強く返事をしながら猫の面に変身し、《精霊眼(アストラルビジョン)》を開いてイサナと同期(リンク)を開始する。同時に索敵や捜査系の魔法を並列して走らせ、カナンの街中を探って彼女の居場所を調べていく。

『いた！　街の東！』

（彼女の居場所を俺の目にも映してくれ！）

『了解！』

イサナが被(かぶ)る猫の面の右目側にカナンの街の地図が映り、その東側のある地点にマーカーが表示される。

「ッ！」

パルメの居場所が分かったイサナは民家の壁を駆け上がり、屋根から屋根へと飛び移って最短距離を爆走する。

過去の異名をそのままに、猫のような俊敏さで街の空を駆け抜けた彼は、数分もかからずに街の東側に辿(たど)り着く。

（パルメ……！）

地図に表示されるマーカーのところまで来ると、はたして彼女はまだ無事だった。

「やっ！　はぁ！」

どうやら剣の稽古中だったらしく、ひとりで木剣の素振りをしている。

周りに迷惑をかけないためなのか、細い路地の突き当たりの、こんな人気のないところを練習場所に選んだようだ……それは悪いことではないが、誘拐犯からしたら好都合なことこの上ない。

『イサナ、右下の路地！』

ノワの鋭い声に反応し、イサナはすぐさま視線を移す。

「へへっ、ひとりっきりとは不用心なお嬢様だぜ」

「俺たちにゃ都合がいいけどな」

「おい、行くぞお前ら」

そこでは路地の物陰からパルメの様子を窺う誘拐犯たちが、下卑た笑いを浮かべていた。

「――――ッ」

敵を視認した瞬間、イサナは躊躇いもせず屋根の上から跳び下りる。

そのまま彼は膝と手で衝撃を殺し、音もなく地面に着地した。

「結構美人じゃねぇか、こりゃ連れ帰ったらたっぷり楽しみっ⁉」

誘拐犯たちは無音で現れた彼に気づくこともできず――まずは背後からひとり、悲鳴を上げる間もなく斃される。

「おっ」

続けてふたり目が振り返る前に昏倒させる。迅さを優先したためノドを潰す前にひと声漏らさせてしまった。

「何ぁっ⁉」

最後の三人目が悲鳴を上げかけたので、イサナも手加減できなかった。

本来ならひとりは残して情報を引き出したかったのだが、傍にパルメがいる状態では万が一にも気づかれるわけにいかず……やむなし、と彼は早々に頭を切り替え、誘拐犯たちを路地の奥へと引きずっていく。

△

「そこに誰かいるの——?」

「……!」

こちらへ近づいてくるパルメの声に気づき、イサナは慌ててノワとの同期を解除して猫の面をはずしつつ、路地裏から出た。

「きゃっ!」

物陰から急に出てきた彼に驚いて彼女は小さな悲鳴を上げ、それがイサナだと気づいてさらに目を丸くする。

「なっ何であんたがここに……」

「えー……あー」

まさかパルメを狙う誘拐犯を始末したとは言えず、イサナは目を泳がせる。

『パルメちゃんこそ何してたのって訊いて』

「……パ、パルメこそ何してたんだ？」

相棒のアドバイスに従って彼が質問すると、パルメは途端に慌て始める。

「べっ別に私が何しててもあんたには関係ないじゃない！」

『剣の稽古してたのかって、木剣指差して』

「もしかして、剣の稽古か？」

次もアドバイスに従い、イサナは彼女の持つ木剣を指差す。

「なななっ……！」

パルメは木剣を背中側に隠して口をパクパクさせる。

木剣を持っていた言い訳を探しているようだが、何も思いつかなかったらしく、観念したようにため息を吐いた。

「……そうよコソ練してたのよ、悪い!?」

「いや、何も悪いなんて言ってないだろ?」

どうどうと彼女を宥めつつ、こっそりこちらも安堵のため息を吐く。

どうやらノワのお陰で上手く誤魔化せそうだ。

「それに何かで読んだが、剣の達人だって素振りは一生続けるらしいぞ。何事も基本が大事だとかなんだとか」

「……はあぁ～、もういいわ」

それから彼女はついてくるように促し、彼はおとなしくそれに従う。

「そこ座って」

「ん」

言われた通りイサナが崩れた塀の跡に腰を下ろすと、彼女は木剣を構えて素振りの続きを始める。

「えーっと?」

「もうバレちゃったし、せっかくだから付き合いなさいよ」

「付き合うって、俺は何をすれば?」

「さっき偉そうなこと言ってたし、私の剣を見て変なところがあったら教えて。ひとりで振ってても何が悪いか分かんないから」

「……まあ構わないが」

誘拐犯は仕留めたが、あの三人以外にもいるかもしれない。護衛という意味でも、彼女の傍にいられるのは都合がよかった。

「ふっ！　ふっ！　ふっ！　……どう？　何か気になるところある？」

「いや、まだ始めたばっかりだろ……」

しかし、こうして改めて見ると、思ったより剣の振りはしっかりしている。

見たところ木剣には重りもしてあり、クエストで使う騎士剣と重量も合わせてあるようだ。素振りの姿勢も正しいと思う。

「ちなみに剣はどこで学んだんだ？」

「実家で暮らしてる時に、剣の師匠を呼んで週三で習ったわ。本当はもっとやりたかったけど、ほかのお稽古もやらされてたから」

「なるほど」

となると基礎はちゃんと学んでいるのか。

「……」

確かに少し型通りすぎるのは気になるが、それが悪いというわけでもない。どんな実践も応用も、基礎の上にこそ成り立つのは何だって同じだ。

彼女は大体十五分の素振りに五分休憩をワンセットとして、それを三セット続けた。

「はあぁ～……ふうぅ～……」

素振りを終え、彼女は深呼吸をして息を整えると、イサナの方にやってくる。

「ちょっと避けて」

言われた通り彼が横にズレると、彼女は空いたスペースに腰を下ろす。

「ふぅ……ふぅ……」

まだ少し乱れた呼吸に合わせて彼女の胸がわずかに上下している。

木剣を振り続けた所為か前髪が汗で額に張りつき、毛先を伝う汗の粒がポタポタと膝の上に滴っていた。

「いつもこんな暗いところで稽古してるのか？」

「そうよ。人に見られたくないから誰も来ない場所でやってたのに……！」

後半は「まあ今日あんたに見つかっちゃったんだけどね！」とでも言いたげな目で、イサナの横顔に視線をチクチク刺してきた。

まあそれはそれとして、その口振りからすると昨日今日見つけた場所というわけでもないようだ。剣の達人がどうのとイサナが言うまでもなく、彼女は家を出てからも欠かさず剣を振っていたらしい。

「意外と努力家なんだな」

「……はぁっ⁉」

思わず口をついてでたイサナの言葉に、パルメは目を白黒させた。

数秒彼女は固まっていたが、なぜだか急に眉を逆八の字に吊り上げる。

「いきなり何？　まさかからかってるの？」

「何でそうなる？」

「だってあんた、私の監視役でしょ」

彼女はジト目でイサナを睨む。

「パパは私が冒険者になるのに反対なんでしょ？　だからあんたに監視させて、実家に連れ戻す口実を探してるんじゃないの？」

「……」

なるほど、彼女は俺のことをそう思っていたのか。

「いや、少なくとも俺が受けた依頼では、お前のサポートしか頼まれていない」

「嘘」

「嘘じゃない。大体それなら口実云々なんて置いといて、まずは実家に連れ戻す手段を選ぶだろ？」

「……」

イサナの反論に、今度は彼女が押し黙る。

「お前の父親は純粋にお前のことを心配して、俺を寄越しただけだ。あくまでお前の自由意志を第一に考えてる」

まあ、裏社会で最強と謳われたスナイパーに子守を頼む程度には過保護であるが、少なくとも彼女の夢を踏みにじるような考えは、あの人にはなかった。

「ふぅん……そう」

少し気まずそうにパルメは目を逸らしながら小さく頷く。

もしかしたら彼女が時々イサナに対して当たりがキツかったのは、連れ戻されてたまるかという威嚇だったのかもしれない。

結果的にそれは彼女の勘違いだったわけだが……彼女にとって冒険者を続けることはそれだけ大事なことなのだろう。

「……なあ」

少し訊いてみたいことができて、イサナは自分から彼女に話しかける。

「何よ？」

「どうして冒険者になろうと思ったんだ？　やっぱり有名だった母親の影響か？」

「はい？　何でそんなこと訊くのよ？」

「つい最近、自分が何をやりたいのか分からなくなって」

なんなら今日やっと分からないことに気づいた有り様なのだが……だからこそ、自分の夢のために家まで飛び出す彼女に質問してみたくなった。

「いや、そんな急にマジな顔で言われても困るんだけど……」

イサナの真剣な表情に逆に引いた様子で、パルメは彼と少し距離を置く。

その反応に若干傷ついたが、それでも返事を待ち続けると、やがて彼女は観念したように口を開いた。

「ママは私が小さい頃に死んじゃったから、凄い人だとは思うけど影響を受けたかっていうと少し違うわね」

「なら何で？」

「私が昔ちょっと誘拐された時、猫みたいな冒険者に助けられたのよ」

「ぶっ‼」

「汚ッ⁉」

「いやスマン。続けてくれ」

「はぁ……まぁ、それで助けられてから家まで送ってもらったんだけど、そのあと何やかんやバタバタしている内に、いつの間にかその人いなくなっちゃってたのよ」

「……」

「で、落ち着いてからもう一度会いたくなって、パパにその人のこと尋ねたんだけど、なぜか名前も知らないって教えてくれなくて喧嘩になっちゃったの」

「……」

『これ、イサナのことだよね？』

（たぶんな）

というか、間違いない。

猫みたいなというのもそうだし、彼女を送り届けたあとすぐに帰ったのも事実だ。彼女が名前も教えてもらえなかったのも、彼が闇ギルドの人間だったからだろう。

「いくらパパを問い詰めても教えてくれないから……もう自分で会いにいってやろうって思ってあれこれ調べ始めたのよ」

「……」

「きっと凄い冒険者なんだろうなーと思って、有名なパーティの話とか本になってる冒険譚とか読みまくって……そしたらなんか私も冒険に出たいってなっちゃったの」

「そ、そんな理由で？」

「うっさいわね。いいでしょ別に、ご大層な理由じゃなくたって。大事なのは私がしたいかどうかよ！」

　大事なのは自分がしたいかどうか、か。

　それは案外、イサナにはなかった行動指針だ。

　ボスに言われたからとか、依頼を受けたからとか――そういうのと関係なく、俺がやりたいかどうか。ノワにも同じことを言われた気がするが、パルメの言うようにそこにご大層な理由など必要ないのかもしれない。

「なるほどな」

「……っていうか、何で私があんたのお悩み相談しなくちゃいけないのよ！　最初はあんたが私の稽古に付き合うって話だったでしょ！」

　パルメはピョンッと立ち上がり、塀に立てかけていた木剣を手に取る。

「今日はもういい時間だから帰るけど、明日も付き合いなさいよ」

「何？」

「相談料よ。安いもんでしょ？　明日は木剣もう一本持ってくるから、適当に相手してよね」

　そう言って彼女はいたずらっぽく笑うのだった。

△

その建物は帝都の街並みに溶け込むように建てられていた。

表向きは何かの工房を装い、一階では実際に商売もしている。

だがその奥……未認可で地下に掘られた広大な空間には、人に見せられない秘密や非合法な所業が隠されていた。

ここは闇ギルド《魔鳥》のアジト——その内部に、野太い大音声が響き渡った。

「何ィー⁉　『黒猫』が生きていただと⁉」

「ボ、ボス……苦しいです」

その報告をした下っ端は苦悶の表情を浮かべながら、自分の首を絞めるボスに懇願した。

「フンッ！」

ボスは苛立たしげに下っ端を床に放り出すと、イライラとした様子で葉巻を咥えて火をつけた。

「あいつは《夜会》が滅んだ夜に消えたんじゃなかったのか⁉」

「ゲホッゴホッ……わ、分かんねぇですよぉ……ただあの猫の面は見間違いようがないです」

その下っ端は、パルメ誘拐チームの一員だった。

ただ彼は所謂運び屋で、実行犯の三人が彼女を攫ってきたのを《魔鳥》まで運ぶ役割だった。そのため彼は路地の反対側で待機しており、お陰でイサナに見つからずに済んだのである。

「仮にテメエの言うことが本当だったとして、何でまた『黒猫』がリッチホワイトの令嬢を護るんだ？　《夜会》が消滅したのは事実だ。なら、あの男に命令する連中もいないはずだろ」

「だ、だから分かんねぇですってば」

「……チッ！」

ボスは役立たずの下っ端を蹴り飛ばし、汚い床とキスをさせた。

下っ端の血が床に広がるのも構わず、ボスは火をつけたばかりの葉巻を噛りきる。

「クソッ！　同じ相手に二度も失敗したとあれば、他の顧客の信用まで失うぞ……！」

焦りから独り言をブツブツ呟き、ボスはアジト内にいた部下たちを見回す。

「おいっ！　テメェらん中で『黒猫』をブッ殺してやるって奴はいねぇのか⁉」

その無茶振りに強面の部下たちのほとんどが一斉に顔を背けた。

何度となく《夜会》と争った彼らにとって、『黒猫』とはそれほど恐ろしい存在なのだ。

況してや下っ端の報告からして、パルメに手を出そうとすれば確実に『黒猫』と戦わなければならない。

そんな貧乏くじを自ら引きにいく奴はいない……かに思われたが。

「ボス、俺にやらせてくださいよ」

そう不敵に呟いて立ち上がったのは、異様な風体の男だった。

特に目を引くのは額に残る放射状の傷跡と銃痕だ……特に銃痕は額の中心を穿っており、普通に考えれば致命傷である。

「お、おお……！　お前がやってくれるのか？」

「『黒猫』にはこの傷の借りがある……ほかの奴には譲れねぇ」

そう言って男は傷の塞がった銃痕を指でなぞる。

彼は話しながらニタニタ笑っているが、その間もずっと目はまったく笑っておらず、血走った眼は正気かどうかも疑わしく思えた。

男の名はユーベル――かつて『黒猫』と敵対して唯一生き残った暗殺者であり、致命傷を負いながら蘇ったとして『不死身』のユーベルの異名を持つ男だった。

第五章　ダンジョン攻略

カンッ！　コンッ！　カァンッ！

「エイヤーッ」

「……」

パルメからの打ち込みを見切り、イサナは木剣の側面を軽くはたく。

「きゃっ！」

バランスを崩した彼女はつんのめり、おっとっとと数歩進んだところで辛うじて転ばずに持ち堪える。だが頬やシャツについた土汚れが、すでに何度も転ばされていることを示していた。

「もーっ、何で当たんないのよぉー！」

「……」

彼女の悔しがる姿を見るのももう何度目だろうか？

あれからイサナは彼女の剣の稽古に付き合うようになっていた。ちなみに場所も街外れの空き地ではなく、彼の家の庭へと移している。

「あんた本当にただのサポーターなの？　何でそんなに動けるのよ？」

「冒険者たちについていくんだから、最低限は鍛えてるさ」

イサナは適当に嘘を答え、木剣で己の肩を叩く。

彼の本職はスナイパーだが、専門外の武器でも多少は扱えた。《夜会》には分業とかチームプレイという概念がなく、ひとりで何でもできなければならなかったからだ。

「おーい、ふたりともおやつできたよー」

その時、家のドアが開き、中から飲み物とクッキーを持ったノワが出てくる。

「じゃあ休憩にするか」

「ちょっと、私はまだやれるわよ」

「休むのも大事だ」

三人は玄関前の階段に腰を下ろし、休憩に入る。

「このクッキー美味しいわね」

「へへっそうかなー？　最近覚えたんだよ」

「そうなの？　だとしたら料理の才能があるわよ」

「そんな才能だなんて、えへへ～」

ノワは照れながら頬を赤らめる。

「パルメちゃんの稽古はどう？　順調？」

「……むぅ～」

「もしかして、あんまり上手くいってない？」

「まぁね。っていうか、あんたのお兄ちゃんおかしいわよ。昔何かやってたの？」

「んー、運動神経は昔からよかったけどね～。けど横から見てた感じ、パルメちゃんの動きも別に悪くないように見えたけど……」

そう言ってノワはイサナの方に視線を向ける。

「ねぇ、お兄ちゃん？」

「まあ、基礎はできてる感じだな」

「だったら何が悪いって言うのよぉ⁉」

パルメはクッキーを頬張りながら天に向かって吼える。

「僕は素人だからよく分かんないな～。お兄ちゃんはどう？　何かアドバイスないの？」

「そうだな……」

イサナはまた適当にそれっぽいことを言おうかと思ったが——パルメの視線に気づいて言葉を一度引っ込めた。

あまり俺の実力を悟られるようなことは避けたいが……いや、手加減しているとはいえ稽古にも付き合っているんだから、ド素人とはもう思われてないか。

　要するに陰から護っていることさえバレなければいいのだし、それなら少しは身になることを言ってもいいか。それはそれで彼女の生存率に直結するのだから悪くはない。

「思うに、パルメには余裕が足りない」

「どうゆうこと？」

「素振りや型は綺麗（きれい）なのに戦闘、人にしろモンスターにしろ、何かと戦うとなると動きが硬くなる。『剣を当ててやる』って気持ちが先走ってるというか……肩に余計な力が入ってるんだと思う」

　その所為（せい）で剣の振りは遅れるし、足運びもおかしくなっている。

「緊張すると視野も狭くなるし、反応もパニクる。特に野生のモンスターはそういう隙を見逃さないから、余計に苦戦するんじゃないか？」

「……なんか、師匠（せんせい）みたいなこと言うわね」

　パルメはジト目で彼を見つめるが、しばらくしてうがーっと天を仰ぐ。

「でもそんなのすぐにどうこうできるわけないじゃなーい」

「そりゃそうだ」

「何よー、あんたも師匠(せんせい)みたいに『鍛錬が足りん』って言うわけ？」

「まあ鍛錬は必要だと思うが……」

ふて腐れる彼女にイサナは言葉を続ける。

「だがお前が強くなるのを敵は待っちゃくれない。冒険者を続けるなら、今すぐできることを身につけるべきだ」

「今すぐできること……って何よ？」

「いろいろあるが、とりあえず奥の手を用意することだな」

「奥の手って、剣術(ソードスキル)のこと？」

剣術(ソードスキル)は剣士職にのみ許された強力な技だ。

しかし、イサナは首を横に振る。

「それは普通の技だ。というより、戦闘中に普通に使うべき技だ」

「じゃああんたの言う奥の手って何なのよ？」

「たとえばお前なら剣を落とした時とか、敵に手足を拘束された時とか、そういう最悪の状況で、自分がどんな状態でも使える技が奥の手だ」

要するに起死回生の一手という奴だ。

「別にその奥の手で敵を斃(たお)すとまではいかなくてもいい。ただ最低でも自分の体勢を立て直す時間さえ稼げれば、最悪のピンチからでもワンチャンスやり直しが利く」

「ピンチからのワンチャンス？」

「それがあるのとないのとじゃ心の持ちようも変わるだろ？」

心の持ちようが変われば緊張感も少しは和らぐ。それに実際ピンチに陥った際の生存率も上がるだろう。

「……まあ、そうかもね」

パルメは少し納得いかない風に頷く。

まあ、剣も技も当たらず、敵に追い詰められて大ピンチの時に使える技と言われても、あまりカッコよく感じないのも仕方がない。

「ちなみに、あんたの奥の手って？」

それでも質問してきたのは、彼女なりに彼の言い分に理があると思ったからだろうか。

しかし、これにどう答えるかは少し考える必要があった。答えられないわけではない。

むしろ裏社会で生き抜いてきた彼は奥の手を十も二十も備えている。

ただ中にはエゲツなさすぎる手段もあり、その中で彼女にも教えられるものとなると……。

「……ちょっとこっちに来てくれ」

「？」

イサナはパルメを促すと家から離れ、すぐ傍の森へ移動した。

「魔導師のように魔法が使えなくても、人間なら誰でも少しは魔力を持ってるのは知ってるな？」

「そりゃね。簡易魔法とかなら、普通の人でも使えるわけだし」

「魔導師は魔力を外へ放出するのに杖を媒介にするが、人体には道具を用いなくても魔力を放出しやすい穴が存在する」

「穴ぁ？」

「穴ってのは比喩的な表現だ。その穴は額とか手の平とか体の至る所にあるが、中でも特に大きい穴はへそ——丹田にある」

イサナは自分の腹の中心を指差す。

「おへそに穴があるのは分かったけど、それが何なの？」

「要するに、へそからは魔力を撃ち出しやすいってことだ、こんな風に」

そう言って彼は体の中心（へそ）を森の木々の方へ向け、丹田に魔力を集中するとそれを魔力弾として発射する。

魔力弾は鳥が飛ぶよりも少し遅いスピードで直進し、木の幹に直撃して硬い皮を砕き、大きく枝葉を揺らした。

「何の属性もないただの魔力の塊だが、しっかり魔力を練ればハンマーのフルスイング程度の威力はある。弾速は心許(こころもと)ないが、油断してる相手に至近距離で撃てばまず当たるだろう」

「……でも、お腹(なか)からビーム発射ってダサくない？　せめて手の平からとか」

「知るか。ダサくてもこれなら素人でも練習すればすぐ覚えられる」

イサナはパルメの文句を一蹴する。

「いいからとりあえずやってみろ」

「ええ～……えーっと、おへそに魔力を……」

ブツブツ言いつつ、彼女は息を止めてお腹に力を込める。

が、すぐに息を吐き出して、

「ぶはっ！　無理よこれ、まず丹田ってどこ？」

と、早くも諦めムードを出し始める。最初からあんまり乗り気じゃなかったのだろう。

しかし、イサナは肩を竦(すく)めるとパルメの脇に膝立ちになり、横から彼女のお腹に手を当てる。

「きゃっ！」

いきなりお腹を触られて彼女は素の悲鳴を上げるが、彼はそれを無視した。

「丹田っていうのはここだ。へそより少し下辺りか」

「ちょっ、勝手に人のお腹を……！」

「こういうのはイメージが大事だ。ここに箱があると考えろ。その箱の中に魔力を溜めて、へその穴から出す。そのイメージでやってみるんだ」

「……っ」

パルメはさらに抗議しようとしたが、指導するイサナに下心が感じられなかったので、仕方なくもう一度やってみようとした。

だが……それでも男の手で下腹部をまさぐられる感触に、いくら集中しようとしても意識を持っていかれて上手くいかない。あと単純にくすぐったい。

「どうした？　お前の魔力量なら簡単なはずだが？」

「うるさっ……いわねっ！　黙ってなさ、んっ！　……よ！」

「？」

「あンっ⁉　ちょっと動かさないで……！」

肌が敏感なのか、パルメは何度も身動ぎして腰をクネクネさせる。

そんな風にふたりが訓練かコントか分からないことをしていると——不意に、横からカタンッと何かが倒れる音が聞こえてきた。

イサナとパルメが音のした方を振り向くと、そこには杖を落として肩をプルプルさせるマリエールと、頰に手を当て微笑(ほほえ)むリリスの姿があった。

「ふっふたりとも……何やってるんですか？」

「あらあら、お外でお腹ナデナデプレイだなんてレベル高いですわね」

「ちっ……ちっがーう！」

とんでもない誤解をする仲間に対し、パルメは顔を真っ赤にしてあらん限りの大声で叫んだのだった。

△

それから数日後、久々にギルドに集まった《三妖精(トライアド)》の元に、とある大ニュースが飛び込んできた。

「カナンの西にダンジョンが現れたらしいわ！」

窓口へクエストの受注に行ったパルメが興奮気味に戻ってきて、イサナたちが待っていたテーブルをバンッと両手で叩(たた)いた。

「ダンジョンですか、この辺では珍しいですわね」

「ま、まさか次はダンジョンに潜るんですかぁ？」

「……？」

イサナはいまいち理解していなかったが、他のふたりには通じているようだ。

「そのダンジョンっていうのは何なんだ？」

「嘘（うそ）でしょ、あんた知らないの？」

彼が素直に尋ねると、パルメは本気で驚いた顔をしたあと説明し始めた。

「ダンジョンっていうのは、ダンジョンメイカーっていうモンスターが造る迷宮のことよ。中にはモンスターがウヨウヨしてて、同じくらいお宝もいっぱいあるらしいわ」

「……モンスターが造った迷宮にモンスターがいるのは分かるんだが、何でお宝まであるんだ？」

「ダンジョンメイカーは地下資源に魔法をかけて迷宮を生み出すの。その時、建材に使えない貴金属とか宝石が弾（はじ）かれて迷宮内に散乱するんですって」

「なるほどな」

「時には太古に埋もれた遺物（アーティファクト）が出土することもあるとか。冒険者にとってダンジョンは一攫千金（いっかくせんきん）の宝の山というわけです」

横からリリスが説明を付け加える。

お陰で、なぜダンジョンが現れたことで冒険者たちが大騒ぎしてるのか理解できた。

「ででっでもダンジョンは同時にモンスターとトラップの巣窟(そうくつ)なんです！　熟練冒険者のパーティでもダンジョン攻略中に全滅した話はごまんとありますよぉ！」

盛り上がる仲間の中で、唯一マリエールだけはダンジョンの危険性について叫ぶ。

「だからこそでしょマリエール！」

「ふえぇ？」

「難易度の高いダンジョン攻略で名を上げれば、《三妖精(トライアド)》の知名度もうなぎ登りよ！　迷宮最奥(さいおう)にいるボスモンスターを斃したり、遺物(アーティファクト)を持ち帰ったりでもしたら、ギルドポイントも荒稼ぎで昇格間違いなし！」

マリエールの不安をよそに、パルメは目をキラキラさせて夢を熱く語る。

こうなった時《三妖精(トライアド)》はもう止まらない。リーダーが一番乗り気で、リリスはむしろ危険に自ら飛び込む輩(やから)だし、マリエールもなんだかんだパルメには従う方針だ。

『このまま行かせていいの？　なんか危険そうだけど』

（サポーターに止める権利はないだろう）

止めたところで止まるとも思えないし。

それに万が一、「嫌ならついてこなくてもいいのよ」と言われたらマズい。冒険者にとってサポーターはいると便利だが、別に必須の存在ではないのだ。

「まずは準備よ。数日分の食糧と水に、ランプとか買い込んで、午後からダンジョンへ向かうわ！」

「午後って、今日中に行くのか？」

「早くしないと他の冒険者に出遅れるでしょ！　ほら、皆も急いで急いで！」

そうして彼らは慌ただしくダンジョン攻略の準備に取りかかるのだった。

△

件のダンジョンはカナンの街を出て西に四、五キロ歩いた場所に出現していた。

そこは山岳部と平野部の間にあった。こういう場所に現れたダンジョンには、先にパルメが説明した通り貴金属や宝石が出てきやすいらしい。

「誰か歴史に詳しい人いない？　ここら辺が昔戦場になったことがあるとか」

「そうですわね……確か、二百年前くらいに戦争がありましたわ」

「でかしたわリリス」

「けど戦場になったこととダンジョンが何か関係あるんですの？」

「戦場跡にできたダンジョンにはスケルトン系のモンスターが湧きやすいのよ。あと武具とかも迷宮内に落ちてて、中には業物もあったりするから回収したいわね」

ウッキウキで話すパルメだが、浮かれているのは彼女だけではない。

噂を聞きつけた冒険者たちがそこら中で迷宮に入る準備をしているし、彼ら相手に商売しようと商隊も駆けつけて市を形成し始めている。中には見覚えのないパーティもいて、どうやらカナン以外の街からも来ているようだ。

ダンジョンというのは実利以上に、人を惹きつける何かがあるのだろう。

「……」

かくいうイサナも、巨大な迷宮の建造物を前にして少しワクワクしていた。

「よし！　早速ダンジョンに潜りましょう！」

「そうですわね。私も中がどうなってるか楽しみですわ」

「無事に生きて帰りたいですぅ～」

そうして三者三様の一歩を踏み出し、《三妖精》とイサナはダンジョンへ潜り始めた。

「思ってたより中は明るいのね」

よく見ると壁や床の建材がほのかに光っている。

「魔法で造られた迷宮だからかもしれません。モンスターもその全てが夜目が利くわけではないでしょうから」

「これならランプは持ってくる必要なかったかもね」

パルメは小さな無駄遣いに嘆息するが、それでも表情は楽しげだ。

ダンジョンは入り口から続く細い通路を抜けると、急に広々とした空間に出る。そこにはなんと植物や砂があり、小さな滝が天井から流れていた。

「うわっ、スッゴ！」

滝の水は中央の吹き抜けの大穴を落ちていく。

試しに四人で下を覗き込んでみるが、穴が深すぎて下は真っ暗な闇しか見えなかった。

「底が見えないんだけど……」

「落ちたらぺしゃんこになりそうですわ」

「ならそんなに身を乗り出すな」

イサナはリリスの肩を押さえつつ、もう一度空洞を見下ろす。

（ダンジョンは地上部分だけかと思ってたが、地下までありそうだな）

『だねー。じゃなきゃこの大穴は説明つかないし』

彼らは螺旋階段状になった通路を吹き抜け沿いに降りていった。

やがて行き止まりに突き当たり、その脇の入り口から再び細い石造りの通路に入る。

と、そこで三体のスケルトンに出くわした。

「出たわね！　やるわよ皆！」

パルメは剣を抜き、勇んで先頭に立つ。

「あたしはどうすれば⁉」

「こんなとこで魔法使ったら天井が崩れるわ。待機よ待機！　リリスはいちおう浄化の準備しといて！」

「ええ、分かりましたわ」

仲間に指示を出しながら、彼女はスケルトンと戦い始める。

「ヤァァー！」

彼女の剣をスケルトンも手にした剣で受け止めた。スケルトンは動く度にカタカタと音を立て、それが笑っているようにも聞こえる。

「ヤッ！　このぉ！」

パルメは幾度となく斬り込むが、剣先が通路の壁や天井に引っかかり、思うように剣が振れていなかった。

「ああもうせっまいわね！」

彼女は通路に文句をつける。

だが道が狭いお陰でスケルトンも三体同時に彼女に襲いかかることができない。

それに敵の動きはだいぶ鈍かった。よく見ると骨が欠けている箇所があり、左右の脚の骨の長さが揃っていない奴もいる。また武器である剣と盾の装備もボロボロだ。

おそらくだが、先行して潜っていた冒険者に一度破壊されていたのだろう。スケルトンはアンデッドなので時間が経って復活したが、再生できないほど砕かれた骨は元に戻らなかったようだ。

骨が足りず動きが鈍い上に、通路が狭い所為で先頭のスケルトンは後ろのスケルトンに退路を塞がれ、後ろに下がることすらできていない。

さらに左右に避けるスペースもないとなれば、いくら何でも彼女の剣が当たる。

「ハアッ！」

騎士剣の重たい切っ先が敵の防御を掻い潜り、薄汚れた頭蓋骨を砕く。

返す刀で彼女が振るった剣は敵の右脇腹に滑り込み、スケルトンの背骨を両断した。

「やっ……やったわ！」

喜びの声を上げるパルメ——が、敵はあと二体いるのを忘れている。

「わっわっ！　ちょっとは空気読めぇー！」

もちろんそんな抗議に聞く耳を持たないモンスターは、遠慮なく彼女に斬りかかる。

「ほらーパルメさん油断しないで～」

「がっ頑張ってくださーい」

「んにゃろおぉぉー！」

仲間たちからの熱い（？）声援を受けて、パルメはなんとか踏み止まった。

その甲斐もあり、数十分ほどかけて何とかスケルトンの群れを突破した。

「ぜぇーぜぇー、わ、私にかかればラクショーよ！」

「お疲れ様ですわ」

「ふっ復活する前に早く進みましょう」

「そうねマリエール。ほら、イサナも行くわよ！」

「了解」

パルメに呼ばれ、イサナは背嚢を担ぎ直して彼女たちのあとを追う。

『ねぇイサナ、今の戦闘、パルメちゃんのフォローしてたの？』

（ああ、小石でこっそりな）

狭い通路では彼女たちとあまり距離が取れず、隠れて狙撃銃を取り出すことができない。

そこでイサナは通路に落ちていた小石を指で弾き、スケルトンの脆い関節部を破壊してフォローしていた。

（だが俺がやったのは二体目と三体目だけだ。一体目はパルメ自身の力で斃した）

『へぇ～、やるじゃん。これもイサナとの稽古のお陰かな？』

（さあな、俺は大したことは教えてない）

理由は何であれ、彼女がはじめて敵をひとりで斃したのは事実だ。

「フッフ～ン、さあこの調子でドンドン攻略してくわよ！」

すっかり調子に乗った彼女は上機嫌に、喜び勇んで迷宮をドンドン降りていった。

まあ、気持ちは分かるが、こういう時に調子に乗ると大抵ロクな目に遭わないわけで
……。

「何でまたスライムが湧いてるのよー⁉」

「インナーの中に入らないでくださーい！」

パルメとマリエールはスライムに纏（まと）わり付かれ、スカートやローブを溶かされていた。

「さっき滝もありましたし、湿気が満ちてスライムの発生条件が整っていたみたいですわね」

「冷静に考察してないで助けなさいよー！」

「そう言われましても、もうノーマルスライムでは私の刺激欲を満たせませんし」

「あんたの性癖はどうでもいいってのぉー！」

とまあ、その後なんやかんやしてスライム地帯を突破したり。

「いやあぁ！　なんかヌルヌルしたのがいっぱいなんだけどぉ!?」

「たぶん毒沼ですわ……あっ！　ピリピリして気持ちいい」

「アホ言ってないでさっさと出るわよ！」

パルメとリリスが迷宮のトラップにかかり、落とし穴に落ちたり。

「蜘蛛(くも)は嫌あぁー！」

「知ってますか？　蜘蛛は獲物に消化液を注入してドロドロに溶かして中身をチュウチュウ吸うんですよ」

「きゃあぁー！」

大型の蜘蛛のようなモンスターに追い回され、その所為で道に迷って迷宮内を彷徨(さまよ)ったり……まあ、いろいろありながら一日目は終了した。

「はぁ～散々な目に遭ったわ」

夕食のスープを飲みながらパルメはしみじみと呟(つぶや)いた。

「ええ、でもお陰でご飯は美味(おい)しいですわ。イサナさんと妹さんに感謝ですわね」

リリスが夕食を褒めると、イサナの肩に乗ったノワはえへんと胸を張る。

「あたしはあんまり何もしてないですけど……」

「気にする必要ないわマリエール。魔法はここぞって時まで温存してもらわないと困るんだから」

「あら、それじゃあ私も明日は力を温存することにしますわ」

「リリスはもう少し働きなさいよ！」

「……」

パルメたちが笑ったり文句を言ったり好き放題雑談に花を咲かせているのを、イサナは会話の輪の端っこから眺めていた。

彼女たちと冒険に出ると退屈しないが、彼はこの夕食時の空気が特に好きだった。クエスト後の打ち上げもそうだが、楽しそうにしている彼女たちを見ていると気持ちが安らぐのを感じる。

「……ナ、イサナ！　ちょっと聞いてるの？」

「……！　悪い、聞いてなかった」

「もう、ボーッとしてるんじゃないわよ」

物思いに耽（ふけ）っていた彼にパルメはため息を吐（つ）く。

「あんた、宝石の鑑定までできたのね。助かったわ」

彼らがダンジョンに潜った目的のひとつが、貴金属や宝石などの採集だ。こうした宝探しも冒険者の醍醐（だいご）味（み）である。

だが鉱物の採集は実入りがいい分、拾いすぎると帰りの荷物がかさばる問題がある。そこで鑑定技能があれば価値の低いものは最初から拾わずに済むのだ。

「でも鑑定技能なんてどこで覚えたのよ？　あれって結構取得条件厳しくなかった？」

「まあ、昔取った杵柄というか……」

魔導学者の元を逃げ出して闇ギルドに拾われるまでの間、一時期盗賊の世話になっていたことがある。鑑定技能はそこで覚えたものだ。

盗賊の下ではほとんど小間使いだったが、その戦闘力が目に留まって上部組織の闇ギルドに拾われ、今では冒険者のサポーターだ……改めて考えるとなかなか波乱万丈な人生である。

「ふぅん、まあいいわ！」

彼が言葉を濁したのに気づいたのか気づかないのか、パルメは話題を変える。

「明日はもっと下層へ潜るわよ！」

「「「おおぉー！」」」

△

ダンジョン攻略二日目と三日目も、《三妖精》の歩みは順調に進んだ。

彼女らの進みがよかったのは、ダンジョンに入るタイミングが少し遅かったからかもしれない。先行するパーティがモンスターを斃したり弱らせたりしてくれているし、宝物も採り尽くされるほどには探索が進んでいない。まさに絶好のタイミング。

実際道中、先行していた冒険者とも何度か遭遇した。

「この先は行き止まりだ」

「あっちの水場はモンスターがよく来る。水を確保する場合は手早くやった方がいい」

「私たちが来た道には槍(やり)のトラップがあったよ」

出会った冒険者たちとは情報交換をし、時には物々交換などをしてから別れた。

なんとなく彼らの口が軽かったのは、《三妖精(トライアド)》が美少女だらけのパーティだったからかもしれない……その分、彼女らと行動を共にするイサナは羨ましげに睨(にら)まれたが。

ともあれトラブルもなくその日も探索を終えた。

そして、迎えた四日目の朝。

「そろそろ地上に戻らないか？」

朝食を終えたタイミングで、イサナはパルメに提案した。

「何でよ？　まだまだ下に行くわよ」

「持ってきた食料は一週間分しかない。これ以上進むと帰りの分が足りなくなる恐れがある」

「えぇ!?　何でもっと持ってこなかったの？」

「四人と一匹分だぞ？　これ以上は持ち運べる量じゃない」

それ以外にもテントや着替え、その他細々とした荷物もある。これぱかりは筋力云々の話ではなく、人間の運搬能力の限界だ。

「一日くらいなら食べなくても何とかなりません？」

話を聞いていたリリスが意見を述べる。

まあ、吸血鬼のお前は何があっても死なんだろうが……。

「帰りにトラブルが起きないとも限らない。物資には余裕があった方がいい」

「……そうね〜、スゴ〜く残念だけど」

まだまだ探索したい欲が表情からありありと見て取れたが、結局パルメは彼の提案に頷いた。

仲間を巻き込むような判断は下さないのが、リーダーとしての彼女の美点である。

「それに早めに戻れば、準備を整えてもう一度潜れなくもないしね。その時は迷宮内の攻略も進んでるだろうし、情報を集めれば次はもっと奥まで潜れるかもしれないわ！」

撤収を決めた《三妖精》は、最後に採集したものを改めて品定めし、持ち帰るものと置いていくものを選別した。それから夜営の後片づけをして、帰り支度を済ませる。

「それじゃ街へ戻りましょう。帰り道は通ってきたルートを……」

出発前にパルメが仲間と最終確認をしていた——その時、

「ああ！　ちょっとそこの！　スマンが助けてくれ！」

パルメたちが夜営していた広間の脇道から、額当てをした男が慌てた様子で出てきた。

「何があったの？」

「仲間が罠にかかっちまって、助けるのに人手がいるんだ。手伝ってくれないか？」

「大変！　皆、最後に人助けしていきましょう」

男の頼みにパルメはすぐ頷き、仲間たちもそれに同意した。

「こっちだ！」

そう言って男は先程の脇道へ入っていき、パルメたちを先導する。

「……？」

『イサナ？　どうかした？』

（いや……何か違和感が……）

それは本当に微かな引っかかりだ。歴戦の勘とも呼ぶべき、何かがズレているサインに彼は反応していた。

「……」

彼はパルメたちのあとを追いながら頭を回転させる。

そうして彼は脇道から男が現れた場面から、順々に違和が何かを検証していく。

男の言っていることにおかしな点は……ない。装備も冒険者らしいものばかり。なら男自体に見覚えは……ない。あとは視線……額当て……仲間……足音……。

（……!?　あの男、最初足音がしなかった）

仲間が罠にかかって慌てて走ってきたはずなのに。

そう、まるで普段の癖で足音を消してきたかのように……。

「それで罠にかかった仲間ってどこ？」

「ああ――ここだ」

「――!?」

イサナの思考は纏まりかけていたが、一歩遅かった。

立ち止まった男が足元の何か――おそらく罠用の魔法陣――を踏んだ瞬間、彼らの視界が一瞬でひっくり返った。

△

「痛たた……もう何なの⁉」

急に視界がひっくり返ったかと思ったら、なぜか尻餅をついていたパルメは悪態をつきながら周囲を見回した。

彼女の周りにはリリス、マリエール、イサナと彼の猫が固まっていた……が、あの額当ての男だけがどこにも見当たらない。

「……⁉」

事ここに及び、パルメも自分たちが騙(だま)されたことに気づく。

たぶん、さっき男がわざと踏んだのは転送罠(ワープ)だ。見上げると天井が高い上、部屋もかなり広い。所々に天井から落ちてきたらしい岩が転がっている所為か、彼女のいる場所から部屋の出入り口は見つけられなかった。

はたしてここはダンジョンのどこら辺で――

「ブオオオオオ」

「⁉」

――突如として室内に響き渡った重低音に、パルメは咄嗟(とっさ)にそちらを見る。

「嘘(うそ)でしょ……巨岩兵(ゴーレム)⁉」

そこにいたのは身長五、六メートルはあろうかという岩石の戦士ゴーレムだった。

ゴーレムは自然発生しないモンスターであり、魔導師が使い魔として造るか、あるいはダンジョンメイカーが迷宮の主として造るかのどちらかでしか生まれない。

材質によって火岩兵(マグマゴーレム)だったり金剛兵(ダイヤゴーレム)だったりと呼び名が変わるが、彼女の目の前にいるのはノーマルな岩石タイプのゴーレムのようだ。

しかし、その質量に加え、手足の関節部や腰に佩(は)いた岩の巨剣の造形からして、相当な魔力(リソース)が込められている。ダンジョンメイカーがこいつをダンジョンのボスとしてここに配置したのは明らかだった。

「三人とも早く立って！　戦わないと死んじゃうわよ！」

パルメの呼びかけに仲間たちも起き上がる。

「イサナは岩陰にでも隠れてなさい！」

「……っ」

一瞬、イサナは苦虫を噛(か)み潰したような顔をした。

「……?」

指示されて彼があんな反応をするのははじめてだ……まるで何かを悔しがるように。

しかし、彼は何か言うわけでもなく、彼女の言う通り素直に後ろの岩陰に隠れた。

「ブオオオオオ」

ゴーレムは再び威圧するような雄叫(おたけ)びを上げる。その岩石の足が一歩前へ出る度に、ズシンッズシンッと音を立てて部屋全体が揺れた。もしかしたらダンジョン全体に響いていたかもしれない。

「どどどうしましょうパルメさん!?」

「マリエールは落ち着いて！　あんなの斃(たお)せるのはあんたの魔法しかないんだから！」

この状況でパルメがギリギリ理性を保っていられたのは、彼女の存在が大きい。普段は頼りなくとも、その魔法の火力の凄(すさ)まじさは身を以(もっ)て知っている。

「私が囮(おとり)になるから、その隙に最大火力をアイツに叩(たた)き込んで！　朝食の時に魔防薬は飲んでるから遠慮なくやっちゃいなさい！」

「わ……分かりましたぁ！」

「マジで頼んだわよ！」

パルメはひとつ深呼吸をすると、剣を構えてゴーレムに向けて走り出した。

「……ッ！」

これまで以上の強敵を前に、ぶっちゃけ心臓はバックンバックン激しい鼓動を打っていた。恐怖が半分、そして昂揚(こうよう)が半分。

あるいはイサナですら見抜けていなかった彼女の特性――それは恐怖に呑(の)まれない鈍感

さだ。恐ろしいモンスターにどれだけビビり散らしても目だけは瞑らない。

そもそも彼女たちが討伐したビッグフットもスライムジャイアントも、どちらも狙って斃したわけではなく、不意に遭遇してしまったから戦ったのだ。普通の感性の持ち主なら、スライムすら斃せないのに上位種に挑もうなどとはそもそも考えない。

無論、平時であれば彼女のそれはただの無鉄砲と変わらないだろう。

だが追い詰められた非常時においては、頼もしいリーダーシップになり得る。

「ほらっ、こっちよ！――光刃剣（ライトニングエッジ）」

パルメは敵の気を引くために光の刃（やいば）を放つ。

彼女の一撃はゴーレムの胴体に直撃し、わずかに岩肌を傷つけた。

大したダメージではなかっただろうが、ゴーレムの気を引くことには成功したようで、巨兵の光なき目がギョロリと彼女へ向けられる。

「うわっわっ！　潰されるぅー！」

ゴーレムに追いかけられ、パルメは部屋中に転がる岩石を避（よ）けながら必死に逃げる。巨人が歩く度に床が揺れて死ぬほど走りづらい。

だけどマリエールの詠唱速度なら、もうすぐ……！

「わっ……きゃっ！」

意識が逸れた所為か、はたまた単なる不運か、床に転がった岩に蹴躓き、彼女は盛大に転んでしまう。

普段もよくやるドジだが、この時ばかりは「いつもの」とは笑えない。

彼女が思わず頭上を見上げると、今まさに巨兵の足が振り下ろされようとしていた。

「ッッッ！」

パルメは大慌てで立ち上がり、力の限り走った……だが、間に合わない！　あと数歩の遅れで、彼女はぺしゃんこに――

――ドゥン‼

その時、巨人の膝に何かが当たり、その動きを一瞬止めた。

ほんのわずかにズレたタイミングのお陰で、彼女は何とか足裏の範囲から脱出することに成功する。

（今のは……？）

マリエールの魔法じゃない。だけど、ゴーレムをよろめかせるなんて相当な威力だ。

真っ先に思い浮かぶのは額当ての男だが、騙した張本人が彼女を助ける理由が見当たらない。

なら、私たち以外にも巻き込まれた人が……？

「って熱ぅ⁉」

ボス部屋の罠でも踏んでしまったのか、唐突に床から火炎放射され、パルメは悲鳴を上げて跳び上がる。

「アチッ！　アチチッ！」

スカートに燃え移った火を慌てて叩き消す。

なんとか大怪我(けが)はせずに済んだが、スカートが燃え落ちて下着が丸見えだ。

（これでもし本当に他人がいたら死ぬほど恥ずかしいわね……）

イサナにはもっと見られているといえば見られているが、それは置いておく。

「ていうか、いつまで囮になってればいいのよぉー！」

パルメが悲鳴を上げた時――ギンッと光が瞬(また)き、空気が振動で戦慄(わなな)いた。

息を切らせたパルメがそちらに目をやると、今まさにマリエールの魔法が完成したところだった。

「輝炎圧縮魔砲(ニュークリアブラスター)‼」

それは光の刃ならぬ光の奔流。放たれた破壊の熱線はゴーレムの胸に直撃し、たちまちの内に岩を融解させた。その熱エネルギーは室内の空気を焼き焦がし、膨大な衝撃波を生んで烈風を吹き荒れさせる。

「……ッ！」

パルメは体が吹き飛ばされないように、必死に近くの岩に摑まって風が止むのを待った。

はたして何十秒そうしていたのかは分からないが、やがて暴風が収まり、彼女が閉じていた瞼を見開くと、あれほど恐ろしかったゴーレムの上半身は溶けてなくなり、残った下半身は尻餅をついた状態で倒れていた。

「……！」

それを見た瞬間、パルメは転んですりむいた膝の痛みも忘れ、仲間の元へと走った。

「やったわ皆……！　私たちで迷宮のボスをやっつけ……た？」

彼女たちと喜びを分かち合おうとしたパルメだったが——そこにいてはならない第三の影がいるのに気づき、足を止める。

「ヒヒヒッ、まったく驚いたぜ。小娘だけであのバケモノを斃しちまうなんて」

「あんたは……ッ！」

そこにいたのは彼女たちを騙した額当ての男だった。

「……」

「……」

リリスとマリエールは男の足元に倒れ伏している。

「私の仲間に何してんのよ⁉」

「安心しろ、気絶させただけだ」

「……あんた、何が目的なの⁉」

パルメが怒鳴りつけると、男はヒッヒッヒッと笑う。

「ウチのボスには、リッチホワイト商会の一人娘を攫(さら)ってこいと言われてる。理由ならいくらでも心当たりがあるだろ？」

「……⁉」

男の目的を聞き、パルメの全身の毛穴からブワッと汗が噴き出す。

彼女は昔誘拐された時の記憶を思い出していた。トラウマが蘇(よみがえ)り、唇をグッと噛み締める。

「……ただの誘拐にしては随分と手が込んでるわね」

「おめでたい女だ。自分が何に護(まも)られてるかも知らずに」

「何ですって……？」

訝(いぶか)しむパルメに対し、男は一瞬で間合いを詰めてくる。

「きゃっ！」

パルメは男に両手首を摑まれて押し倒された。背中を強く打ち、目尻に涙が滲(にじ)む。

「ヒヒッ、誘拐するとは言っても無傷である必要はねぇんだよなぁ。どうせ指の一本くらい送りつけるんだ。生きてさえいりゃ多少傷物になってもいいよなぁ……！」

「……っ！」

あまりのおぞましさにパルメの心臓が早鐘を打つ。

だが抵抗しようにも両手は使えず、倒された時に剣も落としてしまった。その上、敵は明らかに自分よりも実力者。まともにやりあっても勝ち目はないだろう。

これでは何も…………あっ。

「～～～！」

脳裏に彼の顔と言葉が浮かんだ瞬間、パルメはお腹（なか）に力を込めた。

そうして彼と練習した奥の手——丹田に魔力弾を練り、へそから敵めがけて発射する。

「ぐあっ⁉」

覆（おお）い被（かぶ）さった至近距離からでは、さすがの男も躱（かわ）すことができず吹っ飛んだ。

パルメは急いで剣を拾って立ち上がり、倒れている仲間を男から護るように移動する。

「おもしれぇもん覚えてんじゃねーのお嬢様……」

そう言いつつ男は薄ら笑いを浮かべて立ち上がる。

彼女の必死さに比べれば、男にはまだまだ余裕があった。不意打ちには成功したが、結局はただの時間稼ぎだ。

再び襲われれば、今度こそ打つ手がない。

パルメがそれでもと剣の柄を握る手に力を込めた時——不意に、男の側頭部に黒い何かが当たる。

「はっ！　来たな！」

だが男は平然と、何事もなかったように笑う。

「？」

何が起きたのかとパルメが訝しんだ瞬間——誰かの外套が彼女の視界を覆い、男との間に立ち塞がった。

「ついに姿を現したな『黒猫』ォ！」

その誰かを見て額当ての男が歓喜の声を上げる。

たなびいていた外套の裾が落ち着き、パルメにもその誰かの横顔が見えると、

「あっ……！」

彼女は思わず声を上げ、目を大きく見開いた。

パルメを護るように現れたその男は、長年彼女が探し求めていた猫面の冒険者だったのだから。

△

パルメたちから離れた直後から、イサナとノワは額当ての男を全力で探していた。

しかし、恐らくプロの暗殺者である男は探知魔法に引っかからず、またパルメがピンチに陥ったため、先に彼がゴーレムを撃って位置を晒さざるを得なかった。

その結果、こちらの射線が遮られるルートがバレてしまい、むざむざ敵を彼女たちに近づけてしまったのだ。

もちろん急いで移動し、射線が通った直後に男を撃ったが、今度は弾そのものが弾かれ
――ついにはパルメの前にまで姿を現すこととなった。

幸い猫面は顔や声に認識阻害をかけられるので、まだ彼女に正体はバレていないはずだが……今はそれよりも先に対処すべき問題がある。

(あの男になぜ弾を防がれたか解析できたか?)

イサナは彼らを罠に嵌めた男と対峙しながら、ノワに問いかける。

『それはできたんだけど……これ、どうやって?』

(どうしたノワ?)

『【貫通】属性を付与した魔導弾が効かなかった理由だけど、あいつが魔防薬を飲んでる

からだよ……たぶん』

（……何？）

　ノワがほぼほぼ断定しながら自信なさげな理由がイサナにも分かった。

　特定個人の魔法を完全に無効化する魔防薬の製造には、対象者の体液が必要不可欠のはずだ。

「おいお前……どうやって俺の魔防薬を作った？」

「ヒヒヒッ大変だったぜぇ～？」

　額当ての男は気味悪い笑みを浮かべながら答える。

「テメェの家(やさ)を突き止めて数週間。留守中はゴミ箱を漁(あさ)り、外出時はあとを尾(つ)け、テメェの汗や唾液が染(し)みついたものを選別しては抽出して精製し、やっとひとり分の薬を作った。まったく苦労したぜぇ～」

　まるで自慢気に語る男に対し、イサナとノワは、

（気持ち悪い！）

『キモッッッ！』

　と、まったく同じ感想を抱いた。

　だが彼の気配が引き攣(つ)ったのを恐怖と勘違いしたのか、男はますます調子に乗って高笑

いする。

「ヒッヒッヒッ！　どうだ恐れ入ったか『黒猫』ォ！　この『不死身』のユーベル様の執念を！　今こそ雪辱を果たし、貴様に復讐してやる！」

最高にテンションが高くなっている男――ユーベルだったが、イサナは首を傾げ、

「ユーベル……誰だ？」

と、何の悪気もなく訊いた。

「なっ……!?　……？　……!?」

これにはユーベルも高笑いをやめ、硬直し、瞬きし、二度見して、さらに口をあんぐりと開けてプルプルと震え出した。

「まっ……まさか俺を覚えていないのか!?」

「スマン」

「この額の傷はどうだ!?　これを見れば思い出すだろう!?」

ユーベルは額当てを取って、引き攣った銃痕を見せてきた。しかし……。

「悪いがヘッドショットした敵などごまんといる。というか、その傷でよく生きてたな」

「ガアアアアア！　もういい黙れええええ!!」

イサナが素直な感想を伝えると、ユーベルはガクガクと震えながら憤怒の形相を浮かべ

る。

「貴様は徹底的に嬲り殺しにしてやる！　俺様をコケにしたことを精々後悔しながら死ぬがいい！」

コケにするも何も覚えてないだけなんだが。

イサナは内心でツッコみつつ身構える。

「ケエエエエ‼」

予想以上に鋭いユーベルの踏み込みに一瞬反応が遅れる。

そこへ敵はすかさず突きを放った。剣でもナイフでもなく、なんと手刀だ。

「ッ⁉」

イサナはそれを拳で払いかけるが、嫌な予感がして大きく右に避けた。

だが反応が一手遅れたことで躱しきれず、皮膚が破けて血が肩を塗らす。その切れ味は明らかに手刀のそれではなかった。

「よく躱したな！　さすがは『黒猫』だ！」

「その手、いや、その体は……」

イサナは追ってくるユーベルをパルメたちから引き離しながら目を瞠る。奴の右手はまるで片刃剣のように鋭く変化し、両脚の筋肉も膨張して丸太のように太くなっていた。

「ケェッ‼」

ユーベルが激しく頭を振ると、髪がまるで針の散弾銃のように周囲にバラ撒(ま)かれる。イサナは外套でこれを防ぎつつ、さらに後ろに下がった。

「どうだ『黒猫』ォ！　これぞ人体暗器！　我が五体は頭のてっぺんから爪先まで全て兵器と化すッ！」

「……ハゲそうな技だな」

「余計なお世話だ！」

『否定しないんだ』

さらに怒り狂いながらユーベルは文字通り手足を武器として、次々とイサナに攻撃を仕掛けた。

己の肉体を目まぐるしく改造しながら、その動きには途切れがない。そのことからこの敵が口先だけの男ではなく、本物の暗殺者(プロ)であることは明らかだった。

「……ッ」

それを再認識しながら、イサナは床を蹴り、もっと大きく距離を取る。

「ケヒヒヒッ！　さしもの『黒猫』も狙撃を封じられては手も足も出ないようだなぁ⁉」

防戦一方のイサナに気分をよくしたのか、再びユーベルは高笑いを上げる。

実際、この状況を手に入れるために敵は相当な工夫を凝らしていた。単に魔防薬を服用されただけなら、薬の効果が切れるまで逃げるか隠れるかすれば済むことだ。それができないのはここがダンジョンの最深部だからである。

たとえば普通の建物の密室にイサナを誘き出したところで、彼ならばどうにか脱出する手段を見つけられる。だが転送罠で連れてこられたここは、出入り口もすぐには発見できない上に、仮に見つけられたとしても逃走ルートが分からない。

敵ながら実に周到で見事な作戦だ。

確かにこれだけの罠を張ればイサナを殺すことができる。

ただし――敵に彼を殺すだけの実力が伴えばの話だが。

「もう十分な距離は稼いだか」

「はぁ？　何が……っっっ⁉」

イサナが後退をやめると同時に、ユーベルの前進は強制的に止められた。

「カッ……ガハッ……⁉⁉⁉」

目を白黒させて血を吐くユーベルは、遅ればせながら自分が殴られたことを自覚する。

だが彼もそれで右往左往するような素人ではない。すぐさま跳躍し、イサナから距離を取った。

「!?」

そうしてユーベルが見たのは、イサナの両腕を覆う黒鉄の鉄甲だった。あの鉄の拳を鳩尾に喰らったのなら、先程のダメージにも納得がいく。

「待て……それは何だ？　そんな装備どこから出した……？」

「どこからも何も、俺の武器はただひとつ【イズライール】だけだ」

「何を言ってる、それは貴様の狙撃じゅ……!?」

そこまで言ってユーベルは何かに気づいたようにハッとする。

だがイサナはその反応を無視するように、淡々と言葉を続けた。

「古代戦争の遺物、俺の愛銃【イズライール】の別称は多重機巧型可変銃――超長々距離から極近距離までの全射程に対応する万能兵器だ」

「何だそのメチャクチャな兵器は……っ」

自分のことは棚に上げ、ユーベルは喚き散らす。

「き、貴様は最強のスナイパーではなかったのか!?　なっなぜそんな力を隠していた!?」

「別に――大概の敵は狙撃で片がつくだけで、力を隠してるという認識はなかった」

「……!?」

そのひと言にユーベルは背中にツララをブッ刺されたような恐怖を感じた。

イサナをただの狙撃手と思っていた彼はその「大概の敵」の一部でしかないと、はっきり格付けされてしまったからだ。

「クッ！」

踵を返しかけたユーベルの後ろに回り込み、イサナは敵の行く手を塞ぐ。

「今更彼女たちを人質に取ろうとしても遅い」

それができないように、ここまでわざと後退してきたのだ。

「……誰がっ！」

人質が図星だったのかは分からないが、他の選択肢を奪われたユーベルは吼えながらイサナに襲いかかる。

全身を凶器に変え、筋力の増加で並外れた瞬発力を発揮する暗殺者は、もはや人外じみた領域に片足を踏み入れていた。

「……っ」

刃と化した指先がイサナの首筋を掠る。

あと一ミリ食い込んでいたら頸動脈を断たれただろう。

「喰らえっ！」

「！」

突然、ユーベルの腕が膨張し、巨大な拳がイサナの顔面へ飛んだ。

斬撃と見せかけての打撃、しかも常人の何十倍もの筋力から繰り出される一撃は、人間の頭蓋をかち割るのに十分な威力だった。

イサナが鉄甲で拳を逸らさなければ確実に彼は死んでいた。

――それでも当たらないのであれば、結局意味がないことに変わりはないのだが。

「クソォ！　なぜだ⁉　なぜ当たらない⁉」

途切れぬ猛攻を繰り出しながら、焦っているのはユーベルの方だった。

「何なんだ一体⁉　武器が万能だからといって動けすぎだろうが⁉」

「寄られても戦えるように鍛えたからな」

「限度を知れ！」

あまりの理不尽さに逆ギレされるイサナ。

わざわざ言わなかったが、彼とてひとりで最強であるわけではない。彼には常に一心同体の相棒がついているのだ。

『解析完了。敵の体の変化と魔力の流れのパターンは把握したよ！』

(同期完了。敵を無力化する)

『黒猫』の瞳が、仮面の奥で鋭く光る。

野性を超える動体視力は敵の筋肉に加え、魔力の流れまで完璧に読み取り、相手の攻撃が届く一秒も前に当たらぬ位置への移動を可能とした。

さらにそれは反撃へ転じる一歩――ユーベルの懐に潜り込んだイサナは、古代兵器でできた黒鉄の拳をがら空きの胴へ叩き込む。

「グベェ!?」

強力なカウンターをもらったユーベルは血反吐を吐き散らす。

動きの止まった敵に対し、イサナはさらに人体の急所へ拳を叩き込む。

拳法の達人であれば急所への一撃で人を絶命たらしめる……それができないのだから、やはり自分の専門はスナイパーだなと彼は頭の片隅で思った。

だが兵器によって底上げされた拳の威力は、肉を破り骨を砕くのには十分だ。

「ガッ……アガ……ユ、ユルして」

もはや息も絶え絶えのユーベルは膝を突き、顔を涙と鼻血でぐしゃぐしゃにしながら命乞いを始める。

それを見てイサナは一瞬拳を止めて「そうだな……」と考える素振りを見せた。

「アグッ……エッ……ゲェェ」

その間もユーベルは苦しそうに呻いてみせた。

「グェ……グッ……喰らえぇ（グァエェ）！」

だが次の瞬間、呻くフリをしたユーベルの舌が伸び、鋭い突きとなってイサナの胸に突き立った。

「ゲハァ……！　ゆ（ふ）、油断したな（ふはんしはは）！」

しかし、胸を貫かれたはずのイサナは倒れなかった。直立したまま、ジッと相手を見下ろしている。

「な（は）、何（はひ）？」

そこでようやくユーベルは舌先から伝わる感触に違和感を覚える。

そうして破れた外套（がいとう）の胸元をよく見れば――彼の切り札である舌剣は鉄甲と同じ材質の胸当てに防がれていた。

「ばかな（ふぁふぁは）!?　俺の舌は（おへほしふぁ）鉄をも貫通するはず（へふほほはんふうふふはふ）」

「生憎（あいにく）【イズライール】はオリハルコン製だ」

「……!?」

「さて、覚悟はいいな」

絶望するユーベルを冷たく見下ろし、イサナは下ろしていた拳を振り上げる。

「俺は今の生活が気に入ってるんだ。それを壊そうとする者は誰であろうと容赦しない」

「ヒッヒィイイイイイ!!」

エピローグ　『黒猫』の正体は

とある休日。酒場にて。

「はぁーい！　それじゃあ《三妖精(トライアド)》の昇格を祝って～カンパーイ！」

「はい、乾杯ですわ」

「かかかんぱーい」

パルメたちは互いのジョッキをゴチンッとぶつけ、思い思いのペースで中身を飲み干すと、楽しげに笑い合った。

先日のダンジョンボス撃破が認められ、《三妖精(トライアド)》はめでたくD級冒険者への昇格を果たすことができたのだった。

「フフンッ！　結成から一年もかけずに昇格してみせたわ！　カナンギルドじゃ最速記録らしいわよ。さすが私！　マジで伝説に残るわね！」

「ウフフ、D級に上がったからには、さらに危険なクエストに挑めますのね。今から本当に楽しみですわぁ～」

「あんたはいい加減真っ先にモンスターに突っ込むのやめてくれない？　マジで心臓に悪いんだけど」

「あら、一番に突っ込んでるのはパルメさんの方ではなくて？」

「私が唯一の前衛だから当たり前でしょ！　あんたは回復職！　後衛！　後ろで待機してなきゃダメだって言ってんのよ！」

「そんなのお断りですわ。だって退屈ですもの」

「我儘（わがまま）言うなヘンタイ聖女！」

「……」

相変わらず仲よく喧嘩（けんか）するふたりを眺めながら、イサナはふとマリエールが静かなのに気づいて声をかけた。

「マリエール？　どうした、気分悪いのか？」

「……ヒック」

「……あ？」

そのしゃっくりを聞いて、ふと嫌な予感がする。

そういえば普段は彼女が呑（の）んでいるのを見た覚えがない。打ち上げでもいつもジュースを頼んでいた。だが今日はお祝いなんだからと、無理くり酒を注文させられていたような……。

「アハハハーッ！　なーんかきもてぃよくなってきちゃった～、脱いじゃお～っと」

「ちょっとマリエール何してんのぉ!?」

「えーっ、だって暑～い」

「おーっいいぞ姉ちゃーん、脱げ脱げー」

酒場の真ん中で脱衣し始めた彼女をパルメが慌てて止めに入る。周りの男どもは口笛で囃し立て、勝手に盛り上がるのだった。

「ふぅ……」

少し飲み過ぎたと思ったイサナは酒場の外のベンチで酔いを覚ましていた。

と、彼の後ろで酒場の扉が開いて誰かが出てくる。

「あら、あんたも休憩？」

「ん？　なんだお前か」

外に出てきた少女を見てイサナは呟く。

「何よその反応？　失礼しちゃうわね」

彼女は軽く頬を膨らませながら彼の隣に腰を下ろす。

「お祝いだからって飲み過ぎたわね～。私も暑いわ」

パルメは顔を手でパタパタと扇ぎ、アルコールで火照った体を冷まそうとする。

「マリエールは？」

「ずっと酔い潰れてるわ。今はリリスが見てくれてるから」

「そうか」

イサナは頷く。

それからしばらく話題もなかったので、ふたりは静かに夜風に当たっていた。

しかしふとパルメが「ねぇ……」と再び彼に話しかける。

「あのさ、言い忘れてたんだけど」

「何だ？」

「その……あ、ありがとうね」

「？」

「ほら、ダンジョンでのことよ」

「……？　……!?」

一瞬何のことか分からなかったが、不意にハッとする。

まさかあの時彼女を助けたのがイサナだと気づかれたのだろうか？

「な、何がだ？」

彼は冷や汗をダラダラ流しながら彼女に尋ね返す。

すると彼女は唇を尖らせ。

「だーかーらー、私の所為であんたも厄介事に巻き込まれたでしょ？　いくらパパに雇われたからって、普通あんな目に遭ったら辞めるわよ。なのにまだサポーター続けてくれてるから……」

「ああ、なんだそのことか」

イサナは秘密がバレてないことにホッと胸を撫で下ろす。

「別に、俺はずっと岩陰に隠れていただけだし、気づいたら終わってた。だからそんなに気にすることはない」

「そう？　まあ、それならいいけど」

パルメは頷いたが、まだ何か言いたそうにモジモジとしている。

「あのさ……」

「ん？」

「実はあの時ね……前に話した猫の冒険者さんが助けに来てくれたの」

「……」

イサナは横目に彼女の表情を覗(のぞ)き見るが……まるで〝乙女〟のように頬をポーッと赤らめ、キラキラとした目で星を見上げていた。

「普通あり得る？　二回も同じ人に助けられるなんて。これってただの偶然？」

「さ、さあ？」

「そもそも何であのダンジョンにいたのかしら？　冒険者だし、お宝目当て？」

「そうじゃないか……？」

「でもそれにしては大した荷物も持ってなかったのよね。しかも私たちを助けたらすぐにいなくなっちゃうし」

パルメの語りはドンドン熱っぽくなり、反比例してイサナの汗はドンドン冷えていく。

まさか……ついに俺の正体がバレたんじゃ……!?

「あの人、『黒猫』って呼ばれてたわ……ミステリアスな雰囲気にピッタリね」

ミステリアスと言われている当人は、今まさに秘密が曝(あば)かれないかドキドキしているわけだが。

「ねぇ、もしかして――」

「は、はい？」

「『黒猫』さんって私のことが好きなのかしら？」

「えっ？　……ん？　は？」

「何よ？　だっていくら何でも登場のタイミングよすぎるでしょ？　たぶん、ダンジョン前の露店市場で私を見かけてついてきてたんだわ」

「はあ……いや、何でそこでついてくるんだ？」

「だから私のことが忘れられなかったのよ。もしくは私が美人になりすぎて、声をかけられなかったのね。仕方ないわ。意外とシャイなのかも、かわいい」

「そうなのかもな……」

早口に捲し立てる彼女にイサナは適当に相槌を打つ。それも気にせず彼女は目を輝かせながら喋り続け、

「また会えるかしら？」

と最後に呟いて、しっとりとしたため息を吐いた。

会えるも何も実は隣にいるのだが。

……が、まあ、ヒヤヒヤしたが、どうやら彼女にはまだイサナの正体はバレていないらしい。

ユーベルに対して啖呵を切ったように、イサナは今の生活が——彼女たちとの冒険の

日々がわりかし気に入っている。

いつかノワに問われた「人生を楽しむ」ということの、答えがこれであるかはまだはっきりと口にすることはできない。だが少なくとも《夜会(ノワール)》にいた頃は、今日という一日が終わるのを惜しんだことはなかった。

「……さてと！　それじゃそろそろ戻ってお開きにしましょうか。明日はまた十時にギルド集合だからね。遅れたら承知しないわよ」

「了解だ」

イサナは頷き、パルメとともに酒場の中に戻る。

こうしてまた名残惜しい今日が終わり、待ち遠しい明日が始まるのだ。

—了—

あとがき

はじめましての方ははじめまして。お久しぶりの方はお久しぶりです。なめこ印です。
この度は『この最強美少女パーティは、雑用職の俺がいないとダメらしい』を手に取っていただきありがとうございます。

今回の表紙は三人娘。作中では《三妖精》と呼ばれている娘たちです。その名の通り妖精のような美少女たち、その最強パーティによる英雄譚……を陰から支える伝説のスナイパーが今作の主人公になります。

全力で陰に隠れている最強の男が、隠しきれない最強っぷりでヒロインたちにモテモテ……になっていく（予定の）物語になるはずですので、ヒロインたちのエロコメにも注目しつつ、どうぞ楽しんでいただけたら幸いです。

ここから謝辞を。

まずは担当の林(はやし)様。今作を書き上げるまでに多くのご意見をいただき、まことにありがとうございます。お陰でよい作品を書き上げることができましたので、どうかこれからもよろしくお願い致します。

次にイラストレーターの小鳥遊啓(たかなしけい)様。この度はイラストを引き受けていただきまして、まことにありがとうございます。最初にカバーのイラストをいただいた時に、パルメの「生意気っ！」って感じの表情を見て、これは素晴らしいものだとひとりで眺めてニヤニヤさせていただきました。どうか今後ともよろしくお願い致します。

最後にこの本を出すにあたり、ご尽力くださった編集部の方々、表紙のタイトルロゴなどを作ってくださったデザイナー様、各書店を回ってくださった営業様、本を書店に卸してくださる流通様、本を置いていただく書店様並びにそこで働く書店員の皆様、お陰様で無事に拙作を読者の皆様の許(もと)へお届けすることができました。いつも本当にありがとうございます。

そして、もちろんこの本を手に取って読んでいただいた読者の皆様に最大級の感謝を。

どうか本作を末永く応援よろしくお願いいたします。

それでは。

２０２３年４月某日　なめこ印

この最強美少女パーティは、雑用職の俺がいないとダメらしい

令和５年６月20日　初版発行

著者――なめこ印

発行者――山下直久

発　行――株式会社KADOKAWA
〒102-8177
東京都千代田区富士見2-13-3
0570-002-301（ナビダイヤル）

印刷所――株式会社暁印刷

製本所――本間製本株式会社

ISBN978-4-04-075015-6 C0193　◇◇◇

無自覚最強ハーレム！
シリーズ
好評発売中！
妹が女騎士学園に
入学したら
なぜか
救国の英雄になりました。
僕
ぼくが。
After my sister enrolling in Girl Knights' School, I become a HERO.
author.
ラマンおいどん
ill. なたーしゃ
F ファンタジア文庫

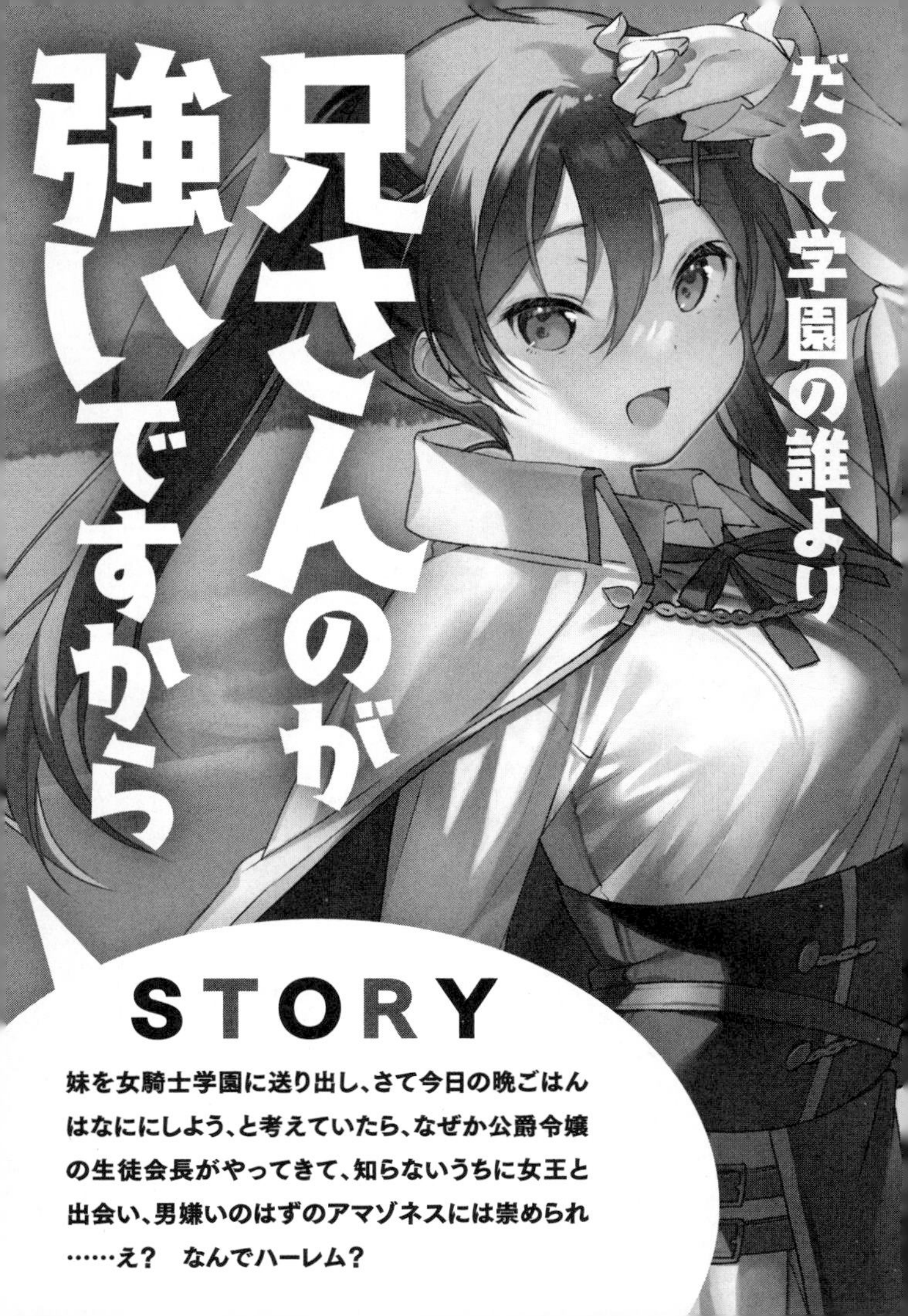
だって学園の誰より
兄さんのが
強いですから
STORY
妹を女騎士学園に送り出し、さて今日の晩ごはんはなににしよう、と考えていたら、なぜか公爵令嬢の生徒会長がやってきて、知らないうちに女王と出会い、男嫌いのはずのアマゾネスには崇められ……え？　なんでハーレム？